Месяц май

Роман о любви

Альфира Сундквист

Месяц май

© 2017 Alfira Sundqvist
Herstellung und Verlag: BoD – Books on Demand,
Norderstedt.

ISBN: 9783744874816

Глава 1

- Максим Олегович, вас директор просил зайти, – сообщил дежурный по школе, заглянув в класс.

Максим посмотрел на часы: до конца перемены оставалось несколько минут. Он к урокам готовился тщательно: его класс был выпускной. Некоторые ребята пришли в этот класс из-за него, Тигрова Максима Олеговича, по профессии учителя русского языка и литературы, ставшего впоследствии писателем.

Литературный класс был организован год назад. Многие из выпускников пошли на риск, перейдя в их школу за год до получения аттестата. Причиной для них в первую очередь была ставшая популярной его последняя книга.

Поступать после школы сразу в литературный Максим даже и не думал: воспринимал писательство как увлечение. Учительскую же профессию он всегда считал самой важной и значимой. Ему было оскорбительно слышать от некоторых своих однокурсников о том, что они пришли в педагогический только потому, что не попали в более престижный вуз. Многие из выпускников после вуза пошли работать в учреждения, далекие от учительской профессии. И слава богу! Беда, если такие появлялись за учительским пультом в школах.

Значимость профессии учителя некоторые сравнивают со значимостью профессии врача. Но если доктор тебе не понравился, его можно завтра же и поменять. А от горе-учителя просто так завтра же не избавишься. Конечно, из-за некомпетентного врача человек может жизни лишиться. Но в этом виноват не только он сам, когда-то несерьезно относившийся к учебе, но и те, кто его выпустил из медицинского вуза с такими знаниями. Хотя куда проще: нет знаний - значит, нет и диплома. Найти среди студентов медицинского вуза неуча несложно, было бы желание. Со студентами педагогического вуза все намного сложней: одних хороших знаний недостаточно. Какой из студента получился учитель, познают в первую очередь дети. Сами же выпускники об этом знают уже будучи абитуриентами. Потому что абитуриентов в педагогическом вузе только две категории – это те, которые идут туда по призванию, и те, кто приходит в вуз вынужденно, - третьего нет. Так как нет профессии более изматывающей и тяжелой. Надо очень любить ее, любить детей, чтоб добровольно взвалить на себя такую ношу.

Так как после его ухода из школы прошло шесть лет, Максим - вернувшись обратно - к урокам готовился очень тщательно. Он бы не решился вернуться после такого перерыва, если бы не обстоятельства...

Какое там может быть срочное дело, что надо оставить учащихся перед звонком на урок? Но как бы ему это не нравилось, он подчинился. Максиму было очень важно находиться именно в этой школе.

- Кто из вас дежурный по классу? - спросил Максим, выглянув в коридор.
- Я, - отозвалась Алиса Корнева и тут же подошла к нему.
- Если я задержусь, пожалуйста, впусти ребят; приготовьте заранее цитаты из «Евгения Онегина» к вопросам по домашнему заданию.

***

- Что, Макс уходит, урока не будет? - стали

спрашивать одноклассники, не поняв, о чем это он говорил с Алисой.

- Никуда он не уходит, его директор вызвал. Макс просил - если к звонку не вернется - подготовить цитаты из «Евгения Онегина».

Прозвенел звонок. Ребята, войдя в класс, тут же окунулись в работу. Знали - впереди будет жаркая дискуссия; каждому хотелось не только участвовать в ней, но и блеснуть умом.

Света была единственной, у которой книга так и осталась лежать закрытой. Она пыталась хоть как-то привлечь к себе внимание Дениса - соседа по парте и ее парня: то как бы нечаянно задевала его ногой; то смотрела, не отрываясь, на него или через него - загадочно в окно. Отвлекать его откровенно Света не решалась: Денис всегда принимал активное участие в дискуссиях. И в данный момент он даже не замечал уловок своей подруги - привлечь к себе внимание.

Глава 2

Максим, войдя в кабинет директора школы, остановился на пороге, показывая всем своим видом, что спешит.

- Максим Олегович, извините, конечно, что отвлекаю вас, - понял его директор. Уверенным жестом указав на диван, он продолжил: - Но я вот вынужден снова с вами говорить по поводу вашей ученицы Светы Николаевой. Опять был ее отец. И опять жалуется, что вы ставите его дочери четверки, хотя она пишет сочинения без единой ошибки.

Было видно, что директор еле сдерживает раздражение.

- Сочинение не диктант.

- Да, но я прочитал ее последнюю работу - содержание заслуживает абсолютной пятерки.

- Еще бы! Эта талантливая работа одного аспиранта, которая уже с месяц как выставлена на обозрение в интернете. В сданной работе она немного изменена, но не настолько, чтоб ее не узнать, - да и переправлена она, небось, ее отцом, журналистом.

- И не просто журналистом, а известным журналистом! Это вам о чем-то говорит?

- Жаль, что у отца Светы не хватило ума не впихивать свою дочь туда, где никакого толку (в первую очередь для нее) не будет.

- Ну почему же не будет. Его дочь очень эффектная; из нее может получиться, думаю, неплохая актриса.

- Считаете, чтоб быть актрисой достаточно иметь красивую внешность? Даже если бы это было и так... во-первых, у нас литературный класс; во-вторых, если вы не в курсе, она метит ни меньше ни больше как в режиссеры.

- Максим Олегович, давайте уж говорить откровенно: не знаю, как другие ученики вашего класса, - Света, вот увидите, будет учиться там, где она захочет.

- И - получив диплом - коровам хвосты крутить.

- А вот это уже нас не касается!

Директор встал и начал нервно ходить по кабинету.

- А я-то думал - это мы даем путевки в будущее нашим ученикам.

Директор зафиксировал мелькнувшую и тут же исчезнувшую усмешку на лице преподавателя.

- Вы мне дерзите; пользуетесь тем, что на дворе май и я с вами не могу в данный момент расстаться, и вы правы. А вот о дальнейшем нашем сотрудничестве вопрос, как вижу, надо оставить открытым.

- Я оставлю заявление об уходе сразу, как выпущу свой класс. А теперь, извините, меня ученики ждут.

Максим встал и, не глядя на директора, направился к двери.

«Не сдержался все-таки», - разочарованно подумал Максим, выйдя из кабинета. Разговор с директором по поводу Светы у него состоялся уже в начале года, когда он ее в свой класс не принял; но директор настоял, и тогда он пошел на попятную: Максим боялся, что из-за нее ему придется оставить свою затею - обосноваться в этой школе хотя бы на этот год. А если откровенно - ему этот год и нужен был. Директор грозил ему увольнением, не понимая, что он пришел сюда именно из-за этого класса. Класс был выпускной. И у него лежит недописанный роман.

***

Максим, войдя в класс, с ходу замахал ребятам, чтоб не вставали.

- Я просил перечитать «Евгения Онегина», во-первых, потому, что эта тема может быть на выпускных экзаменах; во-вторых, это одно из тех произведений, перечитывая которое можно открывать для себя всегда что-то новое.

- Да, это правда, - согласился с учителем Алексей Яковлев. - Перечитав его, я вдруг понял, что Онегин Татьяну до ее письма видел всего один раз.

- Но тем не менее он ее заметил, - вступил в диалог Денис Берёзкин. — Вот его разговор с Ленским:

«Неужто ты влюблен в меньшую?»
- А что? – «Я выбрал бы другую,
Когда б я был, как ты, поэт...» -

последнюю фразу можно расшифровать и так: когда бы он искал любви, хотел любить.

Учитель почти не вмешивался в дебаты своих учеников, он только направлял разговор в нужное для них русло; в конце урока вместе подводили итоги: чьи мысли и чьи идеи были самые интересные.

При парных же уроках на втором из них писали сочинения, как бы продолжая полемику, но уже в письменном виде.

И все же это для них было не самым главным. Главным было то, что их всех объединяло, - а именно любовь к литературе. И что может быть интересней в таком окружении, как не оживленные дебаты на интересующий всех вопрос. Вот заинтересовать этими вопросами и была главная задача преподавателя.

Когда директор школы, где не хватало учителя русского языка и литературы, узнал, что новый преподаватель – писатель, предложил ему организовать литературно-журналистский класс. Спрашивать же, почему он вернулся в школу после шестилетнего перерыва, он не стал - дабы не вспугнуть его.

- Хотя в девятом классе я читала его очень прилежно, перечитав, увидела его в другом свете. Его надо изучать позже, чтобы понять лучше. Мало кто станет его перечитывать - и произведение останется непонятым до конца, - заметила Ася Ильина.

Ася писала небольшие рассказы. Они у нее были очень правильные. От них веяло таким натурализмом, что хотелось просто закрыть тетрадку и отложить ее в сторону.

Когда читатель берет в руки книгу, ему хочется познать что-то новое, что могло бы вызвать в нем какие-то новые ощущения, новые мысли; сделать новые для себя открытия, а не то, что и так знакомо из повседневной жизни. Вместо этого же сочинитель садится рядышком и начинает жаловаться на то, как все плохо, какие все нехорошие, указывая на то, что тебе и так понятно и противно. И хотелось бы уже от этого оторваться, а не влезать опять в это дерьмо по уши.

Вонючий навоз - не новость. А вот цветок, расцветший на нем и пытающийся своим благоуханием перекрыть зловоние, - это уже что-то новое, достойное внимания.

Проще говоря, было очевидно, что муза в ее творчестве участия не принимала.

Максим немало с ней помучился, прежде чем ему пришла идея предложить ей написать сценарий по мотивам известного романа.

Результаты превзошли все ожидания. «Вам правда нравится?» - спросила Ася, с трудом веря в похвалу учителя. «Век живи - век учись», - подумал тогда Максим. Значит, Ася и сама понимала, что ее произведения неинтересны. А он вместо того, чтоб поговорить с ней об этом откровенно, пытался как-то сам вдохнуть в них жизнь. Можно представить, как бы ее потом поедом ели критики. Они-то не станут делать скидки на то, что молодая еще, нет опыта.

«Ася, мне не просто понравилось, а очень понравилось. У тебя талант сценариста: ты так хорошо чувствуешь сцену. И то, как ты вставляешь в текст свои реплики, для того чтоб зритель получил недостающую информацию, не нарушая авторский стиль, – дорогого стоит», - ответил ей Максим, не меньше Аси радуясь сделанному им же открытию.

- До письма Татьяна много думала о нем, перечитывала любовные романы. Она питала свои чувства, в то время как Онегин был занят своими делами и о ней почти забыл, - дебаты продолжила Альмира Кареева. - И я обратила внимание на то, что Пушкин, вероятно для обострения сюжета, пытается читателя ввести в заблуждение:

Татьяна, милая Татьяна!
С тобой теперь я слезы лью;
Ты в руки модного тирана
Уж отдала судьбу свою, -

прочитав эти строки, читатель, вероятнее всего, предполагает, что Онегин использует ее чувства. А результат получается неожиданный, противоположный.

- А именины, – вступил в диалог Григорий Васильев, - Ленский сообщает Онегину, что будет только семья Лариных, а там полон дом гостей. За что Онегин сердит и готов отомстить Ленскому:

Чудак, попав на пир огромный,
Уж был сердит. Но девы томной
Заметя трепетный порыв,
С досады взоры опустив... -

похоже, что Онегин собирается отомстить не за «пир огромный». Почему «...но девы томной...», «...с досады взоры опустив...» - на кого он досадует? Не на себя ли?
- Мне кажется, Гриша в чем-то прав, - поддержала одноклассника Дина Светлова. - Ведь во время трапезы он смотрит на Татьяну нежно:

...Но как-то взор его очей
Был чудно нежен. Оттого ли,
Что он и вправду тронут был,
Иль он, кокетствуя, шалил...

- Почему же не «кокетствуя, шалил»? – засомневалась Света Николаева.
- Во-первых, как заметила Альмира, автор пытается опять ввести нас в заблуждение. Нас как читателей. Вернее, читателей, которые еще

не знают, что Онегин полюбит Татьяну, - как тебе известно, Пушкин это произведение писал больше семи лет и печатал его главами.

- Ребята, да похоже, Онегин приревновал ее! Вспомните, кто первым пригласил Татьяну. У Онегина только-только настроение изменилось по отношению к ней, а ее из-под носа уводит Ленский... Вот тут-то он про свою месть и вспомнил.

- Ага, Отелло наш заговорил!

О том, что Василий Кузнецов был жутким ревнивцем, знали все.

«...Я, верно б, вас одну избрал
В подруги дней моих печальных...» -

прервала их цитатой Альмира и продолжила: - Онегин не верил уже в вечную любовь.

- А кто в нее верит? Тем более теперь, в наш свободный век?

- Свободный для секса? - съязвила Алиса.

- А разве не так? - парировал Григорян.

- Бла-бла-бла! Что же вы так часто меняете партнерш? Не потому ли, что именно любви и ищете?

- Да уж, вечером познакомился, а ночью в постель. Маловато вроде времени для развития чувств, так ведь можно и со своей судьбой, до конца не разобравшись, расстаться навсегда, - поддержала ее Ирина Волкова.

Ребята уходили от темы, но Максима это не волновало: он все же был не только предметником, но и педагогом. Что главнее - это еще под вопросом...

- Евгений говорит:

«Я, сколько ни любил бы вас,
Привыкнув, разлюблю тотчас...» -

вначале увлекался кем попало, не разобравшись, и – естественно - разочаровывался, а теперь на воду дует, - продолжила Дубицкая Ирина разговор уже на тему урока.

- Если бы это была вода - а то судьба его.

- Да будь на месте Татьяны более опытная девушка, она смогла бы разжечь начинающее разгораться пламя.

- Я тоже согласна с этим, - сказала Таня Васильева. - В Онегине были сомнения. Он мог ответить ей письмом, но приехал сам. Кстати, Татьяна ждала от него именно письма.

- И пошел Татьяну еще и разыскивать, - согласилась с доводами Алиса.

- Возможно, и сам того не сознавая, он хотел, чтоб она переубедила его, - предложила свою версию Альмира.

- И неизвестно, с какими мыслями он туда явился и именно это ли он собирался сказать. Все могло поменяться в какой-то момент их встречи, - поддержал их Дима Заломин. – Его желание увидеть ее уже о чем-то говорит.

- Но Пушкин как-то намекнул бы на это, - засомневалась рыжеволосая Катя Синицына.

- Он мог и сам это до конца не осознать, - парировал Дима.

- Ты хочешь сказать, что у него произошли разногласия с музой?

- А почему нет?

- Ну ты даешь!.. Никаких разногласий с музой у него не было. Любовь Онегина должна была для читателя стать неожиданностью. Вы, критики, всегда чего-нибудь да выкопаете.

- Во всяком случае, она его чем-то зацепила. А то стал бы он приезжать, разыскивать ее, чтоб только потом ее отчитать, - продолжил мысль Алексей.

- Но автор говорит...

- Да что автор, - перебил Харламова Денис, - задача автора не стоит открывать нам тайны души своих героев; во всяком случае, не всегда. Надо следить за их словами, действиями. И включать свои мозги, а не ждать, что тебе все на блюдечке преподнесут. Прошло достаточно времени у него, чтоб забыть девушку, к которой равнодушен, - и о чем же он спрашивает у Ленского, приехавшего к нему на обед:

«Ну, что соседка? Что Татьяна?
Что Ольга резвая твоя?» -

на первом месте в вопросе Татьяна, которая никакого отношения к Ленскому не имеет, а к нему – да! И Ольгу он уже не критикует: не хочет сердить друга, так как нужно получить обстоятельный ответ на вопрос.

- И он об этом спрашивает между прочим: Ленский же не в курсе о произошедшем между ними, - поддержала его Альмира.

- Но зато читатель в курсе. Я понял, что имел в виду Денис: автор рассчитывает на то, что мы, читатели, будет внимательны к тому, что остается между строк, - произнес Яковлев.

- Я могу сказать из собственного опыта, - вмешался преподаватель, - что иногда герои живут сами по себе. Вернее, автор пишет то, что видит и слышит в своем сознании. Иногда главы пишутся разрозненно. И позже, соединяя их, замечаешь, насколько они последовательны. И потом, перечитывая, до конца понимаешь, почему именно так говорят и действуют герои твоего же сочинения. И потому ваши замечания считаю интересными.

- Максим Олегович, вы имеете в виду, что автор не придумывает, не сочиняет героев, а они как бы рождаются и живут в его сознании? - спросил его Денис.

- Да, именно это я и хотел сказать.

- Вот почему Пушкин сам себе удивлялся, нахваливал себя, закончив «Бориса Годунова»: «...Ай да Пушкин, ай да с...» такой-то сын, -

сказала Ася, изменив чуть цитату. - Выходит, муза существует, и эти слова благодарности должны были бы принадлежать ей, - задумчиво и чуть грустно добавила она.

- Мне кажется, когда Татьяна писала ему письмо, она была уверена, что он чувствует то же самое, что и она. Татьяна, натура тонкая и чувствительная, поняла раньше Евгения, что они созданы друг для друга, - то, что Евгений осознал позже и поздно.

- А я считаю, что Онегин полюбил ее за изменившийся имидж: независима, горда, - не согласилась с Альмирой Света. - Многим мужчинам и сейчас такие женщины нравятся.

- Хорошо, вспомним строки из его письма:

Еще одно нас разлучило...
Несчастной жертвой Ленский пал... -

он говорит о разлуке с ней. Разве можно после этих слов сомневаться, что у него уже тогда зарождались чувства к Татьяне.

Наконец в дискуссию вступил весь класс, учащиеся наперебой стали высказывать свои мнения.

- Онегин видел в Татьяне молоденькую девушку, жаждущую любви, как когда-то он сам в ранней молодости. Ее признания, порывы он мог приписать не к самой любви, а к желанию любить.

- Он, опираясь на свой опыт, воспринимал все происходящее с Татьяной как несерьезное, проходящее, временное.

- Онегин сам был уже довольно зрелым, и любовь молоденькой, наивной девушки вряд ли могла в нем вызвать сильные чувства. Во всяком случае, за столь короткое время.

- Ее душевные движения он воспринимал как порыв молодости, не более. В то же время чувствовал в девушке чистоту, искренность, доверчивость. Скорее, последнее вынудило его дать ей урок реальности.

- Понимая, к чему все может привести, он и прочитал ей свои наставления. Скорее всего, это говорит о его неравнодушии к ней как к личности. Не мог он - не испытавший еще никогда настоящей любви - до конца осознать, что за этим всем может стоять зарождение большого чувства.

- Татьяна - молодая, романтичная, немного даже наивная - не смогла вызвать в Онегине серьезные чувства. Онегин влюбляется в нее - уже повзрослевшую, молодую женщину. В женщину, с умом, умеющую держать себя с достоинством, знающую себе цену.

- Так думает Онегин; на самом же деле, равнодушную к вниманию окружающих, - высказал свои соображения Дима Заломин.

- Героиня чувствует, что не понята им до конца. Татьяна, в которую он влюблен, ей на самом деле чужда. Скорее всего, она думает, что Онегин так и не понял ее ту, настоящую, какой она была в ранней своей молодости. Мне кажется, говоря ему: «...я тогда моложе, Я лучше, кажется, была», она имела в виду не только внешность, - прозвучала новая мысль Альмиры.

- Интересно все же, что Татьяна Ларина продолжает его любить. Понятно, что она его в молодости идеализировала, но теперь-то она уже достаточно зрелая женщина, - проговорила Катя, чуть задумчиво.

- Возможно, она его любит уже за то, что он вызывал в ней когда-то сильные, прекрасные чувства. Мы, наверное, все же именно из-за этого любим - из-за того, что в нас данная личность вызывает глубокие, возвышающие и очищающие нас чувства, - высказалась Альмира.

- Если это так - любовь в конце концов обречена на провал, - заметил Григорий.

- Обречена, если думать, что после печати в паспорте не надо уже заботиться о подпитке чувств. А еще хуже, если ты изображал из себя то, что ты не есть на самом деле, - обманом чувства не удержишь.

- Можно подумать, ты уже сама прожила тридцать лет, что так рассуждаешь, - прервал Альмиру Григорий.

- Я не только много читаю, но и много

анализирую. И читатель, как ты знаешь, всегда проживает вместе с героем его жизнь.

- Что вы всё спорите? Забыли те две строки:

...Свою постылую свободу
Я потерять не захотел, -

века проходят, а мужская суть не меняется.

- Мне кажется, то что эта достойная, привлекающая всех к себе внимание женщина когда-то любила его, тоже сыграло большую роль в пробуждении чувств у Онегина, - высказался Денис, проигнорировав замечание Светы.

- До конца урока осталось немного, - прервал дебаты учитель. - Набросайте план своего сочинения, которое будете писать на втором уроке. Согласны ли с выводами одноклассников, какое ваше мнение.

- Выходит, можно использовать и чужие суждения?

- Истина бывает только одна. С выводом можно согласиться - а значит принять ее за истину; если не соглашаетесь – тогда ваши доводы. И еще запишите вопрос, над которым вам следует подумать дома: что общего между героинями произведений «Дубровский» и «Евгений Онегин»?

Глава 3

- Смотри, смотри! Опять смотрит! Денис, ну разыграй ее - построй ей глазки, я тебе разрешаю, - шепчет Света, следя украдкой, как Ася поглядывает на ее парня.

Она давно вынашивала эту идею, но Денис никак не соглашался. О ее намерении знали уже многие, кроме самой Аси.

Прозвенел звонок. Наконец-то! Света абсолютно не понимала, о чем вокруг, вообще, идет спор. Хорошо, выступали в основном желающие. Макс пытался ее расшевелить, но, видно, понял безрезультатность своих действий.

У нее хорошая память. Света прочитывала критические статьи и на память аккуратно, чуть изменив их, изображала потом на бумаге.

Макс ничего с ней не мог поделать: с такими родителями, как у нее, сильно не попротестуешь. Пятерок она не получала, но и тройку ставить за ее безошибочную работу было бы слишком. Притом Макс в школе новенький, преподает здесь первый год. И зачем ему это надо? Она слышала от отчима, что его первые два романа получили хорошие отзывы, третий он еще не дописал.

«Тут что-то не то», - подумала девушка, которую саму всегда подмывало на авантюру.

***

- Идет, - толкнула Дениса Света, когда ребята стали выходить из класса.

- Ты чего опять замышляешь, - заподозрила Альмира неладное.

- А ты иди, мать Тереза, куда шла, - дай людям поразвлечься! - огрызнулась Света.

Альмира в литературный класс попала, как и Денис, из-за способности к критическому мышлению. Она уже года два печаталась успешно в молодежных журналах. (Денис нигде еще не печатался. Его отобрал преподаватель, прочитав сочинения учащихся перед тем, как создавался этот класс.)

Альмира пришла сюда из другой школы, прослышав о Максиме, и очень быстро влилась в коллектив. В классе было много способных в своих литературных начинаниях, потому хороший критик только приветствовался.

Но Света ее не любила. Она чувствовала, что в ней было то, о чем она могла только мечтать: независимость, чувство достоинства, ум. Да, Альмира была как раз тем, что Свете приходилось изображать из себя.

Ася, заметив вдруг на себе взгляд Дениса, споткнулась и выронила книжку. Денис поднял книгу и - черт его дернул! - протягивая ее, задержал на Асе взгляд немного дольше, чем полагалось, и чуть коснулся ее руки.

- Спасибо, - поблагодарила Ася, опустив глаза, и быстро прошла мимо.
- Есть! - тихо, но победоносно воскликнула Света.

Альмира - стоявшая рядом - услышала; повернулась и вопросительно посмотрела на Свету. Девушка, хорошо чувствующая людей, относилась к Свете недоверчиво. Очень удивлялась: что мог найти в ней Денис - умный, добрый и отзывчивый по натуре.

Та, посмотрев ей прямо в глаза, хмыкнула; подхватила Дениса под руку и прошла мимо, гордо подняв голову: Денис был ее «трофеем», которым она очень гордилась. Светлана была уверена: многие ее одноклассницы хотели бы быть на ее месте. Правда, насчет Альмиры немного сомневалась - та вся была в учебе и в своей творческой деятельности. И слава богу! Против такой соперницы, кроме своей красоты, продемонстрировать ей было бы нечего. Хотя Альмира и в этом ей не уступала. Более того, ее внешность, как у многих восточных девушек, была очень сексуальна – тонкая и гибкая, с большими карими глазами. Многие ребята дружили с ней, но ухаживать не решались. Или скорее - побаивались ее. На легкую победу рассчитывать им не пришлось бы - а вот дружба, которую они ценили, могла бы пострадать.

***

- Куда пойдем - в кафешку или ко мне? - прощебетала Света, прильнув к Денису.

- Нет, мне надо домой. Мама вчера неважно себя чувствовала, а отец придет поздно.

- Мать у тебя сейчас дома? - осведомилась она, хотя прекрасно понимала бесполезность своего вопроса.

Денис никогда ее к себе не приглашал. Для любовных утех они встречались всегда у нее. Квартира у них была большая, присутствие родителей не мешало. Отчим просиживал в своем кабинете, а мать часто пропадала на шопингах. Если и находилась дома - не была помехой: время проводила или в гостиной за телевизором, или разговаривала с подругами по телефону. К тому же комната Светы была самой отдаленной; иногда родители даже и не знали, что она дома и у нее гость.

Все же ей было неприятно, что она не удостаивается близкого знакомства с его родителями. Но лезть в бутылку она не решалась; особенно после того, как в классе появилась эта восточная... как бы ее назвать... Но никакой отрицательный эпитет к ней не приклеивался. «Зараза», - наконец придумала она. Хотя эта «зараза» ничего плохого ей не сделала. Но все равно остерегаться ее стоило - живая же она в конце-то концов. Но школа вот-вот закончится, а значит, и опасность скоро минует.

- Да, мы с отцом уговорили маму взять больничный, - прервал ее мысли Денис.

Глава 4

На другой день Ася шла не уткнувшись, как обычно, в книгу, а улыбаясь и приветствуя на ходу своих одноклассников.

- Вау! - только и мог сказать Алексей при появлении в классе своей соседки по парте.

Конечно же, подкрашенные ресницы, чуть заметная помада на губах не превратили Асю в красавицу. Но что-то в ней сильно изменилось. Может, блеск в глазах - которые всегда казались чем-то удивленными - придал им остроту.

«А шутка моя пошла Асе на пользу», - подумал Денис.

На ней были модные в обтяжку джинсы. А кофта!.. И когда она это успела все приобрести?

Девчонки вокруг зашушукали; ребята же больше были заинтересованы тем, как красиво облегала кофточка верхнюю часть тела девуш-ки.

- Хм… - Света подошла к ней вплотную. - Наконец-то на человека стала похожа. Шутка Дениса пошла тебе на пользу.

Она вслух слово в слово повторила то, о чем подумал Денис.

- Только помаду надо посветлее для таких светлых волос, как у тебя, - продолжила Света, не замечая изменившегося лица Аси.

Девчонки, окружившие было их, быстро разошлись: им стало как-то нехорошо от взгляда одноклассницы.

Ася молча пошла на выход, наталкиваясь и чуть ли не сшибая тех, кто попадался ей навстречу.

- Ася что, заболела? Почему она ушла? - спросил ребят вошедший в класс Максим.

- Это она перышки свои пошла почистить или новый макияж нанести, - съязвила Света.

- Кому-то не только пёрышки, но и мозги не мешало бы почистить… - заметил Алексей, вдруг заступившись за Асю.

- Ты-то чего вякаешь? - удивилась Света.

Если бы не стихи Алексея, отличавшиеся задушевностью и неподдельностью, наверное, его никто всерьез не воспринимал бы. И как это ему удавалось?

Его беспорядочно торчащие рыжие волосы; такие же рыжие короткие ресницы; маленькие глаза; взгляд, готовый охватить сразу все и тут же как поплавок уйти вглубь и отрешиться от всех и всего. Было трудно понять: с тобой он сейчас или где-то совсем в другом мире, где для тебя места нет. Он был как бы со всеми и ни с кем.

«Может, мне пойти в актрисы?» - подумала мечтательно Светлана уже о себе. Но ее мать с отчимом совершенно против: чтоб она была зависима от всяких там соперниц по сцене... Вот если бы Света сама стала режиссером... Потому и сунули в литературный класс. Правда, отчиму - известному журналисту - пришлось предварительно переговорить с директором.

- Итак, тема сегодняшнего сочинения свободная. Но свободная она только в отношении произведений. Вы должны будете написать о своих любимых героях из русской классики.

- А можно написать не о положительных героях?

- Ну-у, нашего Алексея опять заносит, - поддел одноклассника Григорий.

- Иногда хорошо изображенные отрицательные герои интереснее, чем положительные, - возразил Алексей.

- В этом Алеша, конечно, прав, - поддержал

его Максим Олегович. - Можете писать; но и аргументировать надо суметь, для того чтоб читатель понял, чем привлекателен для вас этот герой.

- Как личность или как интересно изображенный персонаж, - уточнила Альмира.

- Да, именно так, - подтвердил учитель.

Денис очень любил Достоевского. «Идиота» он прочитал уже в седьмом классе. Не все, конечно, тогда понял. Но чем-то он уже тогда притянул его. С девятого класса перечитал его уже дважды.

При такой свободной теме, расширенной Алексеем, ему было трудно выбрать, о ком из героев писать.

Женский пол отметается сразу: понять их стопроцентно было для него еще трудновато. Писать, что пишут в критической литературе, Денис не стал бы - он все же собирался стать журналистом. Если, конечно, после сегодняшнего что-нибудь не поменяется: Денис решил наконец-то дать Максу почитать свои рассказы.

Ладно, это все потом. Время идет. О ком же он будет писать? О Мышкине? Да, этот герой Денису очень близок и настолько понятен, что ему казалось, что писать о нем будет слишком легко. Но Денису хотелось проделать работу более сложную.

Рогожин?.. Точно! Он будет писать о нем.

Иногда, когда думаешь или пишешь о ком-то или о чём-то, незаметно для себя докапываешься до не известной тебе досель истины. А до Рогожина именно надо было докапываться.

***

- Максим Олегович, у вас найдётся немного времени? - спросил Денис, протягивая учителю своё сочинение.
- Да, можешь остаться в классе, - ответил Максим, поняв, что Денис хочет поговорить с ним наедине.
- Я принёс вам рассказы. Посмотрите их?
- Ты сочиняешь?

Было видно, что новость как-то обрадовала преподавателя, но в то же время не сильно удивила.

Денис кивнул.

- Максим Олегович, вы выпустили два романа и пишете новый. Почему вы не стали его дописывать, а опять вернулись в школу? Я читал: критики уже ждали его.
- Ты читал обо мне?
- Вы же знаете, сейчас в компьютере всё можно найти.

- Спасибо, Денис. По поводу романа... Я понял: он должен закончиться не так, как я предполагал, - произнес учитель и отвел взгляд в сторону окна, как будто именно за ним он ожидал найти ответ для конца своего романа.

Денис изучающе посмотрел на учителя. Странно, Макс у них меньше года, а он как будто знал его всегда. Да в классе, наверное, нет таких, кто бы не любил и не уважал его. Он, конечно, в компьютере прочел не только о его творчестве, хотя его именно это и интересовало. У него нет детей, не женат; ему тридцать пять, но воспринимался он старше своих лет (отец в свои сорок и выглядел на сорок, и они казались почти ровесниками). И речь тут не о внешности. В отличие от отца, Макс был строен, физически хорошо развит.

Отец... Он не мог с ним разговаривать так, как с Максом. Отец всегда куда-то спешил: «Что у тебя там, выкладывай...» Разве можно после таких слов говорить по душам?

Единственно, что он не забывал - выдавать ему карманные деньги. Их у Дениса, пожалуй, было больше, чем у других. Основную часть из них он тратил на книги, хотя чувствовал, что это раздражает отца; но, слава богу, все же не вмешивался. Конечно, отец, наверное, хотел в будущем передать бразды правления своей фирмы в его руки. Но такая жизнь Дениса не очень привлекала. Домой отец часто приходил поздно вечером, даже ужинать не могли сеть вместе с ним за стол. И хорошо еще придет в нормальном настроении. Скорее, то, что матери нельзя было расстраиваться, и было причиной того, что он «не спускал собаку». Чувствовалось, что ему иногда этого очень хотелось.

Денис мечтал о нормальной семье: чтоб можно было по вечерам вместе садиться за ужин; обмениваться впечатлениями прожитого дня; по выходным ходить в театр, на выставки; разговаривать с детьми так, как Макс: слышать, что тебе говорят и даже большее - что хотят тебе сказать, но не умеют. Ему остается просто найти правильные слова - и собеседник, уже доверившись, откроется, дав возможность ему помочь.

Макс был бы хорошим отцом - в этом не было сомнений. Но почему же он один? И о чем он все время думает на переменах, стоя у окна?

***

Света видела, как Денис подошел к Максу. О чем они говорят?.. И почему он остался в классе? Свете хотелось знать все, что касалось Дениса, - но к своим делам, как и к родителям, он ее не подпускал.

Максима учащиеся редко беспокоили во время перемены. Он их об этом не просил, но они каким-то образом уразумели это сами. Да это было и не трудно: преподаватель в классе даже дежурных не оставлял.

В первое время некоторые из любопытства пытались подглядывать - узнать, что же он там делает: после перемены ни новые записи на доске, ни проверенные тетради на столе не появлялись. Выяснилось, что на самом деле он ничего не делает; кроме того, что часто стоит у окна, о чем-то глубоко задумавшись. И эти думы были уж точно не о них и не об уроках. И когда ученики, предвкушая, что скоро прозвенит звонок, толпились у двери и потихоньку приоткрывали ее - замечали, как их учитель каждый раз вздрагивал от прозвеневшего звонка, пробуждавшего его от каких-то глубоких мыслей.

То, что Макс разрешил Денису остаться, указывало на серьезность разговора.

Светлана перестала топтаться у двери, напрягла слух: диалог проходивших мимо двух школьниц сильно привлек ее.

- Из какого, ты говоришь, она класса?

- Да из этого, литературного. Сумасшедшая - спрыгнуть со второго этажа!

- Ну знаешь, им полагается быть немного тронутыми, как-никак с намеком на творческие личности. Говоришь, только ногу подвернула?

- Пыталась, во всяком случае, встать. Я как раз подошла к центральному входу школы.

- Ты что же, даже ей не помогла?

- Там уже подскочили. Вот тебя бы на мое место, я чуть сама не рухнула!

Света побежала по коридору к окну, откуда был виден двор перед входом в школу. Носилки с пациенткой уже вкатывали в «скорую помощь». Лица не было видно, но по кофточке сразу поняла - кто это.

«Черт, чокнутая! Действительно, чокнутая! Что же теперь будет?! Денис! Надо его предупредить!» - не на шутку разволновалась она.

Когда Света вернулась, ребята уже почти все были в классе.

- Почему это все на меня так смотрят? – спросил Денис у Светы, которая как-то боком, как будто стараясь быть незамеченной, подошла к нему. Потом взяла его под руки и, сделав невозмутимое лицо, вывела из класса.

- Эта сумасшедшая, Аська, выпрыгнула со второго этажа. К счастью, вроде только ногу подвернула.

- Что?!

- Да не бойся ты! Ты до нее даже пальцем не дотронулся.

- Да не за себя я боюсь, - сказал Денис и оттолкнул ее.

38

Светлана чуть не упала. Поддерживать ее юноша не стал, - скорее, даже этого не заметил. Зашагал к выходу.

«Боже, что же это такое? - вопрошал Денис, растерянно вышагивая в сторону улицы. - Что мне делать? Пойти в больницу? Ну да, только меня там и ждали».

Он и так испугался за нее, а при мысли - из-за кого она там очутилась - ему становилось дурно.

Денис направился к велосипедной стоянке. Не решив еще, что предпринять дальше, сел на скамейку. Настроение абсолютно не соответствовало бушевавшей, цветущей вокруг весне.

Занятия у многих уже закончились, начали к стоянке подтягиваться и другие учащиеся. Денису стало казаться, что его разглядывают исподтишка.

«Они уже знают, из-за кого выпрыгнула со второго этажа моя одноклассница», - подумал он страдальчески.

Юноша резко поднялся и пошел к своему велосипеду.

Нет, ему лучше быть дома, он там все и обдумает, что делать дальше... Глупости! Что он может сделать? Что можно вообще сделать, когда сделать что-либо уже невозможно!

- Господи, хоть бы с ней все обошлось.

Боже милостивый! Делай со мной что хочешь, но только чтоб все было хорошо! Хорошо?.. С ней не может быть уже хорошо!

Денис рассуждал вслух, налегая на педали с силой в унисон своим мыслям.

Незаметно для себя он очутился у дома.

Он совсем забыл, что мать на больничном. Ну вот... Сейчас начнется: «Почему пришел? Почему не в школе? Что случилось?»

А ничего особенного… Просто девушка - такая нормальная девушка (немного, правда, смешная) - взяла и выпрыгнула со второго этажа. Из-за чего? Из-за того что он, болван, считающий себя умником, пошел на поводу у этой пустой красотки Светки, у которой ветер один в голове. И попала-то она в их литературный класс благодаря отчиму-журналисту, мужу ее красавицы-мамы. Светка даже и не скрывала, что там не пришей кобыле хвост, а знай себе развлекалась.

Из-за известного отчима многие крутились вокруг нее, а к нему она сама прицепилась. А он и отцеплять не стал. Да и красивая она, чертовка.

Денис вдруг заметил, что мать ничего и не спрашивает, а только молча смотрит на него. Ничего хорошего это не предвещало.

- Как ты мог? - наконец произнесла она.

- Что я такого сделал, - стал защищаться Денис, хотя только недавно думал совсем иначе. - Отец тоже знает? - тут же виновато добавил он.

- Да, - ответил за мать отец, входя в комнату. - До меня все эти вести и дошли. Хорошо, что ты пришел, мы должны все это обсудить. Между вами на самом деле ничего не было?

- Нет, - не понимая к чему отец клонит, ответил Денис.

- Ты... о чем это? - вмешалась мать.

- Знаешь, сейчас не до морали.

- Вот как! О морали будем думать, только когда до неё дойдет очередь. А так - отложим пока ее в сторону?

- Нам сына надо спасать!

- От кого?

- Не от кого, а от чего!

- Боже, я с вами сойду с ума!

- Вот-вот... вам бы не мешало обоим до психиатра дойти.

Глава 5

Воспользовавшись перепалкой родителей, Денис выскользнул из квартиры.

«Все равно уже хуже не будет», - подумал он, выходя из подъезда.

Ему нужно было вернуться в школу, чтоб забрать оставленный там портфель. Он очень надеялся, что в классе никого не будет.

Дверь класса не была запертой – значит, там кто-то был.

«Только не он», - подумал Денис, взявшись за ручку и потянув ее на себя.

В помещении оказался именно Макс, с кем больше всего не хотел бы сейчас столкнуться. Учитель сидел за столом, на котором лежали две стопки тетрадей.

«Наши сочинения», - подметил Денис.

Преподаватель повернул голову в сторону юноши.

«Сейчас начнется вторая серия», - подумал Денис мрачно.

Но как ни странно, реакция учителя была похожа на первоначальную реакцию матери – учитель молчал. Скользнув по юноше взглядом, Макс продолжил проверку сочинений.

Денис прошел к своей парте, взял портфель и уже было дошел до двери, но резко повернул обратно.

- Ну что вы молчите? – обратился он к Максиму. – Давайте… ругайте! Или нет, вы не можете меня ругать. Ну воспитывайте, что ли: научите меня отличать хорошее от плохого; побеседуйте со мной; накажите, в конце концов! Учитель не должен молчать! Он должен учить, не так ли?!

- Мы с тобой поговорим, когда ты будешь готов, когда ты сам захочешь разобраться в случившемся, - произнес Максим, посмотрев на него спокойным, прямым взглядом.

- Максим Олегович, вы что-то путаете. Так говорят детям отцы. Нормальные, естественно, отцы. Я, может, и любимчик ваш. А что… не знали - так вот шушукают. Каким бы я не был там любимчиком, если это правда, конечно, - я

43

всего лишь ваш ученик. Ученик, а не сын! Папа нас тут с мамой к психиатрам готов отправить, - может, нам и вас с собой прихватить?

Что-то изменилось во взгляде учителя так, что юноша резко замолчал и, подхватив свой портфель, ничего не говоря, выскочил из класса.

Денис не заметил, как оказался у парковки для велосипедов.

«Когда начинаешь падать в пропасть, уже ничто, вероятно, не поможет; и только уже там, внизу, будет ясно - превратишься ты в лепешку или все же выживешь», - подумал он и со всей силы швырнул портфель на скамейку.

«Лучше бы я совсем за ним не возвращался. И куда же я теперь?» - продолжил Денис свои размышления, пристроившись рядом со своим портфелем.

- Подвинься-ка, - потребовала неизвестно откуда появившаяся Альмира.
Денис машинально отодвинулся, но на нее не взглянул. Альмира же смотрела на него не отрываясь.

Денис, не выдержав, обернулся на нее.
- Ты и впрямь - мать Тереза, - сказал он,

увидев устремленный на него сочувственный взгляд.

- Ты себя уже достаточно наказал.
- Уверена?
- Нужно быть слепым, чтоб не увидеть это.

Денис сделал попытку отодвинуться от нее: девушка сидела слишком близко. Но не стал: побоялся, что его движение окажется чересчур заметным. Альмира, вероятно, все же поняла – отодвинулась сама.

Денис вздрогнул от неожиданно зазвеневшего в его портфеле телефона.

- Я совсем забыл, что он у меня там. Слава богу, еще живой. Алё!.. Я в школе… вернулся за портфелем… Да, помню, ужин в шесть... Да, приду.

Обернувшись к Альмире, проговорил:
- Это мама… У мамы сердце не очень…
- Да? - встревоженно произнесла девушка.
- Нет-нет, сейчас она в порядке. Я имел в виду… оно у нее вообще слабое.
- Я поняла, - почему-то тихо произнесла девушка.
- Ну, я пойду. Спасибо тебе! Как говорят: доброе слово и… - не помню уже, голова не соображает, кому там – приятно?..
- Кошке.

***

За ужином собралось все их маленькое семейство. Буря уже улеглась, но напряжение оставалось. Со стороны могло показаться, что все хорошо, что это обыкновенная семейная трапеза. Хотя обыкновенной ее нельзя было назвать - из-за присутствия отца. Это самое присутствие указывало на то, что в семье была большая ссора. И так было всегда. После ссор у отца всегда находилось время для семьи. И Денис, взрослея, стал подозревать, что причиной были не сердечные недомогания матери, а что-то еще более серьезнее. Как будто его отец боялся, что эта незначительная или более значительная ссора может вскрыть какую-то другую рану, более глубокую и болезненную.

- Денис, подай соль. Ты хотел попасть на матч «Зенита» с ЦСКА - билеты у тебя на столе.
- Да, отец тебя решил наградить за твои подвиги, - отреагировала мать, покачав головой.

«Да уж, момент папа выбрал удачный», - подумал Денис, чуть не поперхнувшись.

- Спасибо. Но мне, ты ведь знаешь, нужно готовиться к экзаменам, - проговорил он, еле сдерживая досаду.

Эти билеты он просил давно, отец только отмахивался. Вот это тоже было в его стиле – подкупать или, вернее сказать, задабривать его деньгами. Ища примирения после ссоры с женой, он почему-то задабривал именно сына - что было проделано и в этот раз. И надо сказать - попал пальцем в небо.

- И что я опять сделал не так? - сердито произнес глава семейства, отодвинув от себя тарелку.
- Ты все сделал так – так, как ты привык и как ты всегда и делаешь! - произнесла мать с усмешкой.
Отец встал, бросил в сердцах салфетку на стол и покинул кухню.

- Мама, я знаю... я виноват. Но я не могу изменить то, что произошло. Время невозможно повернуть вспять.
- Да, но можно просто продолжить жить дальше... Боже! Я не знаю собственного сына!
Мать тоже встала и ушла в гостиную.

В том-то все и дело: как бы Денис себя не уговаривал, просто продолжить жить дальше у него не получалось. И это был тот случай, когда он не мог также найти утешение у матери, - что усугубляло положение до предела, ранее им не испытанного.

В детстве все было проще. Было достаточно, уткнувшись в мамины колени, произнести волшебные слова: «Мамочка, прости!». (Это не было игрой. Он ужасно страдал, если мать сердилась. Рассердить ее было сложно. И если мать его сердилась — значит, он на самом деле сделал что-то нехорошее.) В детстве она молча клала ему на голову свою теплую, ласковую руку. И только потом они разбирали ситуацию.

Нынешнюю ситуацию разбирать оказалось не с кем.

Глава 6

Денис, поставив велосипед на стоянку, сел на скамейку. Первым был урок литературы, но после вчерашнего он не мог представить, как переступит порог своего класса. И какая муха его укусила?

Как он тогда на него посмотрел...

Странно все же, когда его ругает отец, он старается это просто пережить, иногда думая о чем-нибудь другом, чтоб отвлечь себя. Когда же на него сердится мать - у него ощущение, что он заболевает. И точно такое же чувство у него было сейчас по отношению к Максу. Но Макс - не родитель ему, он – педагог; Макс не может повернуться спиной к ученику, как бы тот себя ни повел. И Денис имеет все основания просто войти и сесть за свою парту.

Нужно поспешить: скоро прозвенит звонок на урок.

***

Денис вошел в класс, прошел на место.
Сел.
И тут же встал.

- Максим Олегович, - обратился Денис к учителю, который уже занял свое место у стола, - извините меня за вчерашнее. Я не знаю, что со мной творится... И не только со мной... со всеми нами?

- Денис, ты нас-то сюда не примешивай! - послышалось с заднего ряда.

- Никто... никто меня из вас не осудил, - почти с упреком продолжил Денис, обратившись уже к классу. - Самое интересное... нет, я не так сказал, самое ужасное, что вы на самом деле не осуждаете мой поступок. А ведь человек из-за меня мог себя жизни лишить... Но я не совсем понимаю - почему? Мне казалось, шутка... глупость... Получается, что нет?.. – обернулся он опять к учителю.

- Мы что, сегодня обсуждаем не проблемы

Евгения Онегина с Татьяной, а Дениса и Аси? – полюбопытствовал Володя Сорокин.

Володя был талантливый карикатурист. И попал он в этот литературный класс благодаря другу Семену Григоренко, который в свою очередь придумывал реплики для нарисованных им карикатурных героев. Дуэт у них получился успешный. Школьники всегда толпились перед стендом, куда раз в месяц вывешивалась их новая работа.

- Денис прав, это не только его проблемы, но и наши тоже, - поддержала одноклассника Альмира.
- На самом-то деле, многие знали о том, что Светка замышляла, и многим это казалось неплохим развлечением, - добавила Алиса. – А кстати, где она?
- Видимо, отсиживается под прикрытием папочки.
- Да никакой он ей не папочка!
- Если так от проблем бегать, здесь скоро никого не останется.

Максим Олегович молчал, давая ученикам возможность выговориться.

В классе вдруг стало тихо - все устремили свои взгляды на него.

- Володя, ты не совсем прав: хотя мы сейчас не говорим о героях Пушкина, тема у нас та же. Тема любви. И я думаю, что Денис тоже не совсем прав. Ребята так же, как и ты, возможно, не понимают всей трагедии до конца; но уверен, что сочувствие к Асе проявляют многие. Даже преступникам, бывает, иногда сочувствуют в тот момент, когда наступает их очередь страдать.

Алексей, решив, что это не урок, вытащил из сумки яблоко и откусил его - получилось громко. Весь класс повернулся к нему.

- Что? - запротестовал он. - Я сочувствую, еще как сочувствую. Она, между прочим, даже немного нравится мне. А что, - продолжил он свой монолог, заметив, что все сейчас заняты только им и спрятаться ему уже некуда, - мне нравятся смешные девчонки.

- Нравятся! Ты в больницу-то к ней ходил, сочувственник?

- Ходил, - признался юноша.

- О! А у тебя, оказывается, все серьезно! – воскликнул Семен.

- Вас опять не туда заносит, - возмутилась Альмира.

- Ну а как вообще быть, если ты нравишься, а она тебе нет? Ты разве должен отвечать за тех, кто тебя любит? - обратился Дима Заломин с вопросом к учителю.

- Нет, конечно; но и использовать эти чувства, мягко говоря, нельзя, - пояснил учитель.

- А если прямо - подло, - добавила Алиса.

- Мне кажется, часто выбор определяет также желание быть счастливым, - продолжила дебаты Ирина Зеленовская. - Если, к примеру, девушка видит, что парень, который ей очень нравится, никогда не заинтересуется ею, она и надежды никакой питать не будет. Может, и станет потихоньку страдать, но плакать точно не будет. Плачут и убиваются обычно по тем, кого теряют, - а шансы у этой девушки найти свою пару очень даже большие. Ведь человеку хочется не только любить - но также быть и любимым.

- Да, Зеленовская права, - поддержал Саша Григоренко одноклассницу. - Денис, ты ведь ей давно нравишься, да и сам ты об этом знал. В принципе, она же тебе свои чувства никогда не навязывала.

- Да если бы не Светка, Денис бы такое не выкинул, - встал на его защиту Алексей.

К Свете Алексей относился скептически - удивлялся: что в ней Денис нашел?

- Сколько девчонок влюбляется в знаменитостей: киноактеров, певцов, спортсменов, - продолжила Альмира, - это же не говорит о том, что они строили бы на них какие-то планы. Просто, как мне кажется, заполняют образовавшуюся пустоту. А встретит она свою половинку и забудет о них как о прошлогоднем снеге.

- А ведь среди нас тоже, наверное, есть будущие знаменитости - писатели, поэты. И здорово, что Денис поднял эту тему. Во всяком случае, тот, у кого есть мозги, не будет уже играть с огнем, - заметила Оля Веселова.

- Да, может получиться история как с Асей, но только, может, с более печальным концом, - поддержал ее Игорь Фролов.

- Я считаю, нам не надо сейчас переходить на личности. Ведь Аси здесь нет, а мы говорим, получается, за ее спиной.

- Володя прав, - поддержал его Максим. – А Альмира сумела подойти близко именно к нашей теме. О любви можно говорить бесконечно, и мы к этой теме еще не раз вернемся, заодно у вас будет время подумать еще раз о случившемся и сделать отсюда свои выводы. А сейчас поговорим на тему домашнего задания. Кто из вас готов ответить: что общего между героинями произведений Александра Пушкина «Дубровский» и «Евгений Онегин»?

- Обе героини отказывают своим любимым, оставаясь верными своим мужьям, - тут же среагировал на вопрос учителя Алексей.

- Насколько важна эта тема для автора?

- Мне кажется, очень важна. Ведь Пушкин погибает, защищая честь жены, - высказал свое мнение Володя.

- Татьяна в конце последней ее встречи с Онегиным говорит ему:

Я вас люблю (к чему лукавить?),

Но я другому отдана;
Я буду век ему верна, -

как вы понимаете эти слова?

- То что она не собирается изменять мужу.

- По моему же мнению, здесь речь идет не только об измене мужу, но и об измене вообще. Татьяна ведь верна своему мужу не из-за страха перед кем-либо и чем-либо и тем более не из-за любви к нему - мы знаем, кого она любит - а потому что она не может изменять, предавать, - уточнила высказывание Григория Альмира.

- Своим чувствам Татьяна тоже не изменяет - она любила, любит и будет всегда любить только Онегина.

- Потому что уже никто не сможет вызвать в Татьяне тех чувств, которые вызвал когда-то Онегин? Об этом же мы на прошлом уроке говорили? - высказала свои предположения Регина Инсапова.

- Ну да, не станет же Татьяна смотреть по сторонам, будучи замужней женщиной.

- Она даже любимого человека отвергла, - поддержала одноклассницу Алена Певцова. - И не надо забывать о том, что разводы были в те времена почти невозможны.

- Ну что же, продолжим обсуждение этой же темы на следующем уроке, - приостановил учитель дебаты после прозвеневшего звонка на перемену.

Глава 7

Максим подошел к окошку. Он всегда во время перемены находился в классе один: помещение должно было обязательно проветриваться. Он, когда-то перенесший двустороннюю пневмонию, которая чуть не стоила ему жизни, и сам не мог находиться в душном классе.

Был месяц май. Весна в этом году пришла рано, погода была летняя. Из окна класса был виден их школьный сад. Максим помнит, как старшеклассники облагораживали его, тогда он учился в четвертом классе. Тропинки в этом саду были очень ему знакомы.

«Как же они выросли, - подумал Максим, созерцая деревья через открытое окно. - Как много времени прошло с тех пор, как многое изменилось! Зыбкое настоящее и незыблемое прошлое... Кто сказал: «Не живите в прошлом»? А если настоящее осталось в прошлом, как же тогда? Если боль стала хронической: живешь, уже почти ее не замечая, но вот почувствовал знакомый запах, услышал знакомую мелодию или даже совсем новую, но с такими пронзительно раздирающими душу словами - и твоя хроническая боль становится такой острой, до невыносимости.

Как же много еще им надо постичь в этой жизни, - подумал преподаватель уже о детях. - Нам кажется, что поймут, разберутся, научатся. А на самом деле иногда пройдет полжизни, прежде чем поймешь очень важное для себя; когда уже сделано бесчисленное количество ошибок, многие из которых уже не исправить.

Чему мы только в школе их не учим. Всему, кроме жизни. А пора бы уже понять: родился человек в восемнадцатом веке или в двадцать первом - он мир начинает познавать с нуля. А человечество знай себе накапливает опыт и держит его потом под замком в надежде, что что-то просочится и кто-то чего-то познает. А ведь именно в школе легче всего преподать школу жизни. Если бы подключить педагогов, психологов, юристов, которые занимались бы именно жизненными вопросами. Ведь именно от нас, взрослых, зависит, каким увидит и познает мир ребёнок. От того, что мы делаем или не делаем для них; позволяем или, наоборот, не позволяем. Ведь не секрет, что детство играет огромную роль в будущем каждого из нас».

Максим встряхнул своей головой, пытаясь отогнать мысли; как всегда, мысли Максима, молодого одинокого мужчины, и мысли Максима Олеговича, педагога, путались, сплетались в один клубок. Он любил детей и, если бы не потребность писать, никогда бы из школы не ушел. Но у творческого человека расписания не существует, поэтому совместить учительскую и писательскую деятельность стало невозможным. Зачем же он тогда вернулся? И стоило ли вообще ему возвращаться в школу? Все можно было устроить иначе… Нет! Он все же сделал все правильно, представилась возможность...

Скрип открывающейся двери прервал его мысли. Похоже, что-то забыли. Прошла почти минута - никакого движения.

Максим оглянулся.

В дверях стояла мать Дениса.

На него смотрели до боли знакомые серые глаза. Подкрашенные, они казались еще больше, чем были (в юности она не использовала косметики).

Русые же ее волосы - раньше длинные и

распущенные - были подстрижены под каре и обесцвечены. Прямой нос и полные губы - как и раньше - совершенны. Максим знал об их натуральном происхождении.

- Алина?..
- Здравствуй, Максим.

Максим растерянно смотрел на женщину, которую не видел восемнадцать лет. Эта их встреча за год работы его в школе была первой. И хотя он ждал и надеялся - появление Алины все же стало для него неожиданностью.
- Я тебе не помешала?
- Нет-нет, проходи... садись, - опомнился Максим.

Алина садиться не стала, подошла к нему и тоже встала у окна. Они какое-то время молча разглядывали друг друга.
- Сильно изменился я? - первым прервал молчание Максим.
- Ну я тоже уже не маленькая девочка, - пошутила Алина.
- Нет, ты хорошо выглядишь.
- Да, мужчинам полагается так говорить, - улыбнулась она, пытаясь скрыть охватившее ее волнение.

- Осталось совсем немного до окончания

учебного года, я уже потерял надежду - увидеть тебя.

- Тебе хотелось меня видеть?

- Ты думаешь, я случайно здесь оказался?

- Я не знаю, что мне думать. Ты тогда уехал и пропал. Ни писем, ни звонков. После всего, что произошло в тот вечер, перед самым твоим отъездом...

- Ты его помнишь... тот вечер?

- А ты нет?

- Я всю жизнь только им и живу.

- Но почему же тогда?..

Ее лицо казалось спокойным, но он так хорошо знал ее. Когда ее что-то мучило, между ее бровями появлялась продольная морщина; небольшая складка обосновалась там уже навсегда, и сейчас при разговоре она стала еще глубже.

- Тогда, когда я добирался в Москву, в вагоне сильно сквозило - и я заболел. После чего долго лежал в больнице с очень высокой температурой и почти в беспамятстве. Перед больницей я успел передать Николаю письмо и небольшой подарок для тебя, но ответа от тебя не получил.

- Я от Николая ничего не получала. Кроме одной вести...

- Вести?

- Да, Николай сказал, что ты не пишешь мне потому, что у тебя там роман с соседкой, проживающей с вами на одной площадке.

- И ты поверила?..

Несмотря на то, что все окна были настежь открыты, Максиму стало тяжело дышать.

- Тебе плохо? - забеспокоилась Алина.

- Нет... ничего... Вот почему ты... - Максим не договорил.

-Ты же знаешь мою маму, - продолжила разговор Алина, давая Максиму передохнуть. - Николай был завидным женихом, вот и давила она на меня. Под давлением и от обиды сделала я тогда неверный шаг. Когда опомнилась, было уже поздно... Денис - самая большая радость в моей жизни. Я даже представить не могу, чтоб его не было. Конечно, были бы другие дети, но это плохой аргумент, когда у тебя уже есть такой родной, такой любимый, - за которого жизнь готов отдать, а не только свое счастье.

- Я знал, что ты будешь хорошей матерью. Помнишь, нашу первую с тобой встречу, когда я пришел в ваш класс? Ты смогла сделать то, что не смог ни один взрослый.

- Да, помню. Я тогда подумала: «У этого мальчика такие грустные глаза. Он, наверное, очень несчастлив».

Они оба заметно вздрогнули, когда неожиданно (для них) раздался звонок.

- Звонок на урок. Жаль, что времени было мало. Спасибо, что пришла.

- Я рада, что наконец удалось поговорить с тобой. Все, что я сегодня узнала, очень важно для меня. Я думала, что ты просто забыл меня.

Дверь открылась, и ребята шумной толпой стали заполнять класс. Максим не успел ничего ответить, но глаза говорили: «Нет, не забыл и никогда бы не забыл».

Алина вспомнила о том, что пришла сюда, чтоб поговорить об истории Дениса с Асей. «Я еще приду, и мы поговорим. Да, я обязательно приду», - успокоив или убедив себя в чем-то, подумала она.

Глава 8

Алина вошла в квартиру и остановилась на пороге. Взгляд у нее был рассеянный. Домой Алина дошла, скорее, автоматически: не видя людей вокруг себя, не слыша сигналившей ей, идущей на красный свет, машины.

- Ты чего? Тебе плохо? - обеспокоился ее муж.

В последнее время Николай почему-то стал приходить с работы рано.

Она не стала говорить - что да, ей «плохо» видеть сейчас его физиономию.

Ничего не ответив, прошла в гостиную.

Нет, этот день, эту встречу она никому не даст испортить. Потом… потом они поговорят.

Но сейчас ей хотелось еще раз все до мелочи вспомнить: свой разговор с Максимом, восстановить в памяти его лицо, уже изменившееся, но все же такое родное.

За восемнадцать лет юноша возмужал. Лоб от зачесанных назад волос казался еще шире. Хотя Максиму не было еще и сорока - в копне черных волос были уже видны первые седины; чему не стоило удивляться, учитывая пережитое им. (Да и Алина обесцвечивала волосы как раз по этой же причине. Первые седины легко сливались с обесцвеченными русыми.)

Небольшая горбинка на носу стала более отчетливой. Только длинные черные ресницы, обрамляющие его печальные глаза, и такие же черные брови в разлет остались прежними. А губы…

- С тобой точно все хорошо? - прервал ее мысли Николай, заглянув в гостиную.
- Я отдыхаю, не дергай меня!

Чтоб не сидеть просто так и отвлечь от себя Николая, Алина взяла тряпку и стала протирать пыль. Вместе с пылью нечаянно смахнула и фотографию, стоящую на комоде. Фотография Дениса, вставленная в рамку, упала - стекло разбилось вдребезги.

«Это на счастье, - успокоила себя Алина. -

Я завтра же куплю новую рамку, а это все надо выкинуть».

Вытащив фотографию из рамки, она хотела было уже все остальное вместе с картонкой выбросить, как вдруг заметила, что к картонке с внутренней стороны был прикреплен лист бумаги.

Алина развернула его.

От первых же строк ее бросило в жар.

- Что тут происходит? - спросил Николай, войдя в комнату и увидев на полу разбитые стекла. Заметив в руках супруги фотографию с документом, когда-то упрятанным им, понял - откуда эти стекла.

- Алина...

- Что это?.. Ты делал тест ДНК на сына?.. Ты сомневался, что это наш сын?..

- Ты не знала? - поразился Николай.

- Что я не знала? Что Денис…

Прочитав дальше написанное, проговорила чуть слышно:

-…не является тебе кровной родней...

Рот в мгновение пересох, и она не только говорить, но даже дышать была не в состоянии.

- Алина, подожди, присядь, я сейчас…

Николай сбегав на кухню, принес ей стакан воды. Алина залпом выпила ее.

- Ты на самом деле не знала? - совсем уже растерявшись, произнес он.

- Что я не знала? Что это такое? Что это за бумага? Этого быть не может!

- Ты права! Это ерунда какая-то! Ты знаешь, на каком уровне все раньше было. Если хочешь, сделаем другую, так - для успокоения. Вот увидишь, все будет в порядке; все будет так, как надо, - быстро проговорил, пытаясь ухватиться за соломинку в этой абсурдной ситуации, муж.

- Все будет так, как надо?! Потому что ты позаботишься об этом, чтоб все было так, как надо?! Ты думаешь, я поверю новой бумаге, а не этой, которую ты хранил секретно все эти годы?!

В каком же году это было? Ну чего думать-то - в тот год, когда Денис был критически болен. И фотография эта была сделана после больницы. Боже, что же это такое, что же это ты натворил, а?

- Я-то тут при чем?

- Столько лет, все те годы...

- Да, которые ты проплакала по нему по ночам...

- Это ты, это ты подговорил ее! То-то мне казалось, что для недоношенного он довольно крепкий и упитанный. Сколько ты ей заплатил? За мои бессонные ночи, за мои страдания! За страдания нашего... моего сына! Ты просто в ярость приходил, когда видел его с книжкой. Я думала, что хочешь, чтоб был как ты: пошел в бизнес, зарабатывал большие деньги, - так ты ему говорил. А на самом деле ты просто видел, что он – в отца! Что любовь к литературе, к искусству он перенял от отца! Тебе хотелось это стереть! Но знаешь - кровь не вода!

- Вот из-за крови-то его я и узнал, - глухо проговорил Николай.

- О чем ты?

- Мне лучше молчать, а тебе успокоиться. Не забывай - у тебя слабое сердце.

- Боже, как я тебя ненавижу!

- Пошел я. Чувствую: скоро запустишь в меня чем-нибудь, лягу я тут без вины виноватый.

Алина обессиленно села на стул. Столько лет! Столько потерянных лет! У нее сын от ею любимого человека! Безумно любимого!

«Ты не знала?» - вспомнились вдруг ей слова мужа.

Что он имел ввиду?

Да если бы она знала!

Алина услышала звук хлопнувшей двери: ушел муж или вернулся сын? Алина быстро вытерла выступившие слезы. Сын… как она все скажет сыну? Ей на это потребуется время, а пока нужно взять себя в руки.

Глава 9

- Максим Олегович, зайдите, пожалуйста, ко мне. Мне нужно срочно переговорить с вами, - попросила, заглянув в класс, завуч.

- Хорошо, - ответил Максим, глядя не на нее, а на стоящую за ней Алину.

- Алина, надеюсь, у тебя все в порядке? – встревожился Максим, заметив ее растерянный вид. - Посидишь здесь, я сейчас быстро схожу к завучу.

Алина ничего не ответила. Она, похоже, даже и не слышала, что сказал Максим. Алина смотрела на него молча, изучающе, как будто видела его впервые.

- Ладно, это подождет. Ты садись. Может, тебе воды принести?

Волнение, которое Максим почувствовал в Алине, передалось и ему.

- Что?.. Нет... Я знаю, ты спешишь. Но я должна это сказать. Иначе, наверное, сойду с ума. Максим... боже, я не знаю, как это сказать тебе. Денис…

- Что? С ним что-то случилось?!

- Нет. Или да. Но очень давно. Я узнала об этом всего лишь неделю назад. Он... он...

- Я знаю…

- Нет, это не по поводу того случая, это не связано с Асей.

- Я знаю - Денис мой сын, - догадавшись, о чем пойдет речь, произнес Максим.

- Ты... знаешь?!

- Максим Олегович! Вас ждут, - напомнила ему посланная завучем Алиса Корнева.

- Подожди меня, пожалуйста, я скоро вернусь, - попросил он Алину.

Нет, ждать Алина не могла. Алине вообще было трудно находиться на одном месте. Да и сердце закололо, а лекарства ее остались дома. Здоровье для Алины было важно, очень важно: Денису еще всего семнадцать, надо успеть поставить его на ноги.

***

Максим, вернувшись, понял, что Алина его не дождалась.

«Ну что же, - подумал он, - значит, пришло время встретиться и с Николаем». Мужем Алины, а для него, можно сказать, другом детства.

Николай - не очень-то нужный родителям - из-за сердобольности дедушки Максима с самого детства был почти членом их семьи. Пока он, переехав в Петербург, где осталась любовь Максима, не предал его самым жестоким для него образом.

Нет... он шел в их дом не для встречи с Николаем. Ему нужно было увидеть Алину, для того чтоб рассказать ей всю историю, - вернее, ту ее часть, о которой он узнал более года назад.

***

Алина зашла в ближайшую аптеку. Приняв лекарство, решила вернуться в школу. Ей очень хотелось понять: откуда Максиму было известно то, чего не знала она. И вообще, как это возможно? И если он об этом знал - где он был все эти годы, почему молчал? Не мог простить измены? Но при чем тут сын? Нет, она слишком хорошо знала его - в этой цепи отсутствует какое-то звено.

Войдя в школьный сад, села на скамейку. Нет… не сегодня… и так на нее слишком много за раз свалилось. Ей нужно передохнуть, переварить услышанное. Неизвестно, что она еще узнает и как на это среагирует.

О том, что Максим вернулся в Петербург, она узнала почти сразу: Денис, захлебываясь, с восторгом рассказывал о новом преподавателе литературы. Сколько нужно было сил, чтоб сын не заметил вызвавшую в ней этим известием бурю чувств. Алина еле дождалась, когда сын уйдет по своим делам. Пустив воду в ванной, сев обессиленно на пол, стала рыдать. Боль - которую, она думала, смогла загнать вглубь - разрушая все преграды, вырвалась наружу.

Ночью ей вызвали скорую. Поняв, чем все это может для нее закончиться, она попыталась взять себя в руки. К счастью, у Дениса был последний год учебы. Нужно было как-то этот год пережить.

Денис же, испугавшись сердечного приступа матери, решил ее не беспокоить своими школьными проблемами, а с отцом на тему учебы они и раньше не разговаривали. Потому, о том что Максим в Петербурге, Николай узнал только после случая с Асей.

Глава 10

- Максим? Ну проходи, не стесняйся, - поприветствовал Николай вошедшего, стоя перед ним чуть покачиваясь, с почти наполовину опустошенной поллитровкой в руке.

- Я к Алине. Она дома?

Хотя Николай был старше Максима всего на несколько лет, разница в возрасте между ними казалась намного больше. Максим должен был признаться себе, что данный факт был для него приятным.

Мужчина запускает себя по двум причинам. Первая: он уже не испытывает к своей избраннице обожания, но и искать на стороне никого не хочет. Вторая: знает, каким бы он ни был внешне привлекательным, жена останется все же к нему равнодушной и холодной. Максим был уверен: причина того, что его бывший друг так распустил себя, - вторая.

- А ты прибежа-а-ал! Я зна-а-ал, что ты прибежишь. Проходи, выпьем, составишь мне компанию.

- По какому же это случаю? По-моему, ты уже достаточно набрался.

Он машинально последовал за Николаем на кухню.

- Я-то, не-е. Не достаточно. Вот с тобой еще выпьем, дружок ты мой закадычный. Или нет. Уже нет. Давно уже не закадычный. Но все равно. Е-е-сть у нас на то причина. Дога-а-дываешься? Правда, бокал-то нам надо было десять лет назад поднять.

- Десять лет назад?

- А ты не знал, что я знал?

Николай поставил на стол стакан и заполнил ее до краев оставшейся в бутылке водкой, запах которой стал быстро распространяться по кухне.

- Если бы я вообще что-то знал! – проговорил Максим, отодвигая стакан с водкой в сторону.

- Денису около семи было тогда. Думал: потеряю я сына, с ума сходил. Всех врачей на ноги поднял - благо, что деньги были. Сдали с Алиной кровь. Но ни моя, ни Алины кровь не подошла. К счастью, нашелся донор.

«У вас у обоих резус отрицательный, а у него положительный», - сказал мне лечащий врач, как-то странно посмотрев на меня.

Я настолько был не в себе, что даже не понял, что это значит.

«Мы, правда, нашли донора...» - произнес доктор, продолжая смотреть на меня странным взглядом.

Я ничего не мог понять.

«Что, - спросил я врача, - кровь донора может ему все же не подойти и исход может быть печальным?» - «Нет, - ответил он, - донор подходит ему идеально». - «В чем же дело?»

Рассердил он меня тогда здорово, я и так был весь на нервах. Наконец, прижал я его, после чего и сбросил он на меня бомбу: «Это не ваш сын. Жалко мне вас - вы так убиваетесь». Я бы его, гада, прибил, если бы ноги мои не подкосило... А ты пей, чего смотришь?

- Денис...

Максим заметил стоящего в дверях юношу.

- А-а, пришел. А мы тут с Олеговичем... Есть будешь? Я пельмени отварил.

- Ты сейчас что сказал?.. Ты о ком это?..

- Что я сказал? Чтоб ты поел, - совсем уже опьяневшим голосом проговорил Николай.

- Денис... - Максим дотронулся до его локтя.

Юноша, натолкнувшись на встревоженный взгляд преподавателя, рванул руку и выскочил из кухни. Максим последовал вслед за ним в прихожую, но его там уже не было. В прихожей стояла, недоумевая, Алина.

- Что? Что тут происходит? - подозревая неладное, забеспокоилась она.
- Он знает, - смотря на нее с сожалением, проговорил Максим.
- Что?! Ты сказал ему?!
- Нет, он это услышал случайно от Николая.
- Он знает все?

Он заметил мелкую дрожь в ее пальцах. Максим шагнул к ней: ему хотелось обнять ее, успокоить, но в последний момент он вспомнил, где он находится. Непрошенная в такой момент ревность полоснула по сердцу.
- Нет, знает только о нем, - проговорил он сдержанно, пытаясь не выдать обуревающие его чувства.
- Боже, Максим, его надо остановить. Я так боюсь, если он чего-нибудь...

Алина заметалась по прихожей.

В одно мгновение все стало безразлично, кроме нее. Он не мог видеть ее страданий. Он был готов на все, чтоб только она не страдала.

- Ничего не случится, не бойся.

Максим остановил ее, дотронувшись до ее плеча, и проговорил как можно спокойней:

- Оставь Дениса, ему надо сейчас побыть одному.

- Только ради всех святых, не говори ему о нас. Пусть он вначале закончит школу, - стала Алина умолять Максима, схватив его за руки.

- Я тебе не все рассказал.

- Нет, Максим, меня интересует в данный момент только мой сын, - проговорила Алина устало, отвернувшись от него. - Только бы все обошлось...

Она обессиленно опустилась на тумбочку для обуви.

- Я тогда пойду. Может, увижу его.

- Только бы все обошлось... - повторила Алина, не обратив внимание на слова Максима.

Он вышел, тихо прикрыв за собой дверь.

Глава 11

Денис долго думал, куда ему пойти, - куда угодно, только не домой. К друзьям своим тоже в таком состоянии идти не хотелось.

Болтаясь по городу, он незаметно для себя оказался недалека от дома, где проживала мама его матери. Возможно, для данной ситуации она подходила больше всех. Интересно, знает бабушка? И вообще, дома ли она? Она была в постоянных разъездах. Жизнь, как говорится, у нее кипела ключом: совсем недавно выйдя на пенсию, бабушка использовала свою свободу максимально.

Услышав шаги за дверью, Денис облегченно вздохнул.

- Привет, бабуль.

Денис изобразил на своем лице радостную улыбку, делиться с ней возникшей проблемой он не собирался.

- Денис?.. Каким это ветром тебя ко мне занесло?

- А что, внук не может просто так прийти к своей бабушке?

- Может, но не раз в месяц. Ну что стоишь? Проходи, коли пришел.

- Мне просто некогда: у меня последний год в школе.

Бабушка сразу же пошла на кухню, Денис последовал за ней.

- А у мамы твоей тоже выпускной год? - с сарказмом произнесла она.

- У мамы в последнее время со здоровьем не очень. Ты знаешь, какое у нее сердце.

- Ей опять было плохо? Я не в курсе, что же вы мне не сообщили?

- Мама никогда не станет жаловаться, свою дочь ты должна хорошо знать; а потому, извини, иногда могла бы сама позвонить и справиться.

- Вот ты мне дерзишь, а ведь своей жизнью ты обязан мне. Кушать будешь?

- А я думал маме с папой.

Денис осекся, но бабушка этого, похоже, не заметила.

- И отцу твоему тоже. Это я настояла, чтоб она вышла за него замуж. Греть еду, нет?

- Я не хочу есть.

- Попьем тогда чайку. Маме твоей еще не было и восемнадцати, - продолжила бабушка, поставив чашки на стол, - а отец твой был уже совершеннолетним. И надо было брать быка за рога, пока не поздно. Нет-нет, не думай, что он именно из-за этого на матери твоей женился. Он был по уши в нее влюблен. А вот твоя мама никак не могла забыть свою первую любовь, сироту круглую. Будешь с вареньем чай или с конфетами?

- С конфетами. Понятно, почему ее надо было быстрей выдать замуж: потому что с одной стороны - небедный, перспективный жених, с другой - сирота.

- Алина уже ждала от Николая ребенка! Я спасала тебя!

- А если бы я был от сироты, ты так же спасала бы меня?.. Ладно, давай уже не будем ссориться. Я могу остаться у тебя с ночевкой?

- Не поняла...

- Ну конечно, если только я не сорву твои планы, не ущемлю твою свободу, - так ведь ты говорила маме, когда она пыталась меня, еще маленького, оставить у тебя на несколько часов.

- Ты давай зубы мне не заговаривай. Очень

меня удивляет, то что ты хочешь с ночевкой у меня остаться, раньше тебя было не заманить.

- Раньше - ты имеешь ввиду, когда я был уже в том возрасте, когда за мной, в принципе, не надо было смотреть?

- У тебя какие-то проблемы с матерью? Ты пришел ко мне, а не к своей девушке, потому что для тебя важно, чтобы о твоем месте пребывания сообщили твоим родителям? Было бы слишком просить об этом свою девушку?

- Ладно, бабуль, я пошел. Я сам ей пошлю весть, что я у тебя остался.

- А как же чай?

- Я тебе сразу сказал, что ничего не хочу.

С ночевкой не вышло, но самый главный вопрос он решил: мать не будет переживать за него. Послав матери сообщение, что он на ночь останется у бабушки, телефон отключил. Мать вряд ли будет доставать его через бабушку, зная, в каком он состоянии. А бабушка тем более не станет его выдавать, иначе ей придется объясняться: почему ее внук, придя к ней, все же не остался.

И куда же теперь? В аэропорт - встречать и провожать самолеты? Можно и на вокзал, но в аэропорту публика будет почище.

***

Народу в аэропорту было не очень много - дорого. Он вначале послонялся, пытаясь себя отвлечь. Затем, устав, присел. Он устал больше морально, чем физически. Человек, которого Денис с детства принимал за отца, оказался отчимом. Теперь многое стало понятным. Нет, он не обижал его, и Денис по-своему любил его. Но чего-то в их отношениях все же не хватало. Недалеко от их дома была баня, куда они с отцом раз в месяц ходили. Денис очень любил париться, после чего, пытаясь утолить жажду, выпивал много воды. Но чего-то в этой воде не хватало: ему все время хотелось пить. Однажды, придя домой из бани, он увидел на столе бутылку с минеральной водой. Денис тут же раскупорил ее и стал с жадностью пить. Какое это было наслаждение! И самое главное - он наконец-то смог утолить жажду. В минералке было то, чего не хватало в воде, - соли. Вот именно этой соли не было в их отношениях с отцом (как теперь выяснилось - с отчимом).

На ночь в аэропорту он все-таки решил не оставаться, поехал к Алексею.

Алексей не стал задавать лишних вопросов. (В последнее время у его приятеля много было всяких проблем. Ничего удивительного в том, что к его старым проблемам добавилась новая. Скорее, это закономерность, чем исключение.)

Что он там сказал своей матери, Денис не знал. Мать Алексея приняла его хорошо, предложила ужин, но Денис отказался, выразив свое единственное желание - принять душ.

Он долго не мог уснуть. Только бы мать его поверила, что он остался у бабушки. И бабушка, нарушив свои правила - быть подальше от проблем, не сообщила бы ей, что ее сын ушел в неизвестном направлении.

Глава 12

Альмира уже издали, не доходя до велосипедной стоянки, увидела Дениса. Юноша сидел на скамейке в глубокой задумчивости. Дениса на занятиях не было. И когда Макс спросил, не знают ли они, где Денис, Алексей ответил, что приятель заболел. Многих это удивило: откуда именно он мог знать это? Макс вначале как-то очень внимательно посмотрел на Алексея, а потом спросил, почти не глядя на него: «Надеюсь, Денис не сильно болен». - «Похоже на грипп; не хочет, чтоб мы заразились», - так же, почти не глядя на учителя, ответил Алексей.

Макс успокоился.

Почему отсутствие Дениса преподавателя так взволновало?

Не было похоже, чтоб у Дениса был грипп, - а вот с душевным состоянием было заметно, что не все в порядке.

- Привет! Ты решил закончить не только классы и коридор, но и школьный сад?
- Привет, - ответил Денис коротко.
- У тебя проблемы дома? С отцом?

Альмира подсела к нему, в этот раз оставив между ними приличное расстояние.

Денис посмотрел на нее удивленно.
- Почему так думаешь - что именно с отцом?
- На тебе вчерашняя рубашка – значит, ты ночевал не дома.
«И я даже догадываюсь у кого, *грипозник*», - подумала она.
- Йес, мистер Холмс.
- Отец у тебя крупный бизнесмен; они или очень балуют своих детей, или наоборот.
- Отец, - ухмыльнулся Денис, - никакой он мне не отец.
- Что, настолько сильный разлад у вас?
- Ты не понимаешь! Не отец он мне... От него и узнал...
- Не отец? Он так и сказал тебе?
- Если бы. Услышал так... мимоходом... из пьяных уст.
- Сочувствую.

- Я сам себе почти сочувствую, - это вопрос номер один. Вопрос номер два (и очень такой немаловажный) - кто же мой биологический отец? Может, проходимец какой...

- Ну что ты. Я видела твою мать - красивая она, и видно, что с интеллектом.

Девушка чуть дотронулась до его плеча.

- Так уж и видно? – улыбнулся ей Денис, взглянув в ее большие, миндалевидные глаза.
- «Глаза - зеркало души человека».

Альмира была рада, что отвлекла юношу от неприятных мыслей.

- Вот, например, как у нашего литератора, - продолжила она. - Я в ваш класс из-за него пришла: обожаю литературу. А когда чувству-ешь, что ничего от учительницы не получить, не очень это радует.
- У вас была такая? – поддержал юноша разговор. Ему не очень хотелось продолжать тему его семейной неурядицы.
- Ну да. Задаст вопрос - и сама же на него отвечает. Хоть ответы-то были бы свои, а то все из учебников. Может, кто-то их и не читает, а я люблю ужасно читать критическую литературу. У меня больше журналистский талант, чем ли-тературный.

- Это чувствуется. Ты на журфак пойдешь?

- Да, это моя мечта. Слушай... а у вас с ним глаза одинаковые.

- С кем? – немного нервно произнес Денис: его смущал направленный на него ее прямой взгляд.

- С Максом, с литератором нашим.

- Ну вот и ответ на второй вопрос нашелся, - ухмыльнулся Денис.

- Ну на это не рассчитывай: не тянешь ты до него, - засмеялась Альмира.

- А может, и тяну.

Денису почему-то захотелось поделиться с ней самым сокровенным.

- Знаешь, - продолжил он, повернувшись к ней всем корпусом, и уже, не смущаясь, смотря ей прямо в глаза, - я же не только критикой увлекаюсь. Скажу тебе по секрету, я с детства люблю очень сочинять. Мама мне все хотела книжку на ночь почитать, но я всячески сопротивлялся. Говорил ей, что спать хочу. Мама расстраивалась. А я закрывал глаза и погружался в свой мир. Картины вырисовывались сами, как в кино, только диалоги мне нужно было проговаривать, а они шли как по маслу.

- Денис, но это же говорит о том, что у тебя есть дар!

- У меня есть с десяток записанных мной рассказов, я дал их Максу почитать.

Хотя, честно говоря, мне сейчас уже не до этого.

Поднявшееся было настроение стало рассыпаться. Произнеся имя учителя, он вспомнил, свидетелем какой сцены тот оказался.

- А может, как раз до этого. Меня, во всяком случае, это и спасло. После того как мамы не стало, я никого не хотела видеть. Единственными моими друзьями были книги. Я читала и писала, читала и писала. Боялась думать даже о том, что произошло.

- Когда это случилось?

- Два года назад.

- Извини, я здесь слюни пускаю. А я ведь имею не только человека, который все эти годы был мне отцом, но где-то еще и настоящий есть. Может, на самом деле не проходимец.

- Нет, Денис, я тебя понимаю: тяжелая у тебя ситуация.

- И почему он об этом Максу рассказывал?

- Возможно, хотел, чтоб он помог как-то с этим вопросом.

- И заранее напился?

- Да, это как-то странно.

- Не получилось у них, как они хотели. У препода такие глаза были растерянные.

- Еще бы... Вместо того, чтоб как-то тебя подготовить...

- Не будем больше об этом... Ты хочешь подавать в наш университет? - перевел Денис разговор в другое русло.

- Нет, в московский. В принципе, я там почти зачислена.

- Почему в московский?

В голосе юноши прозвучало не столько удивление, сколько сожаление.

- Хочу к брату переехать. У папы подруга появилась - неплохая женщина. Не хочу им мешать: папа столько страдал. У меня впереди еще целая жизнь. А у него... кто знает?.. Мы никто не знаем.... А ты, наверное, здесь будешь поступать?

- Не знаю... я теперь уже ничего не знаю... - совсем уже расстроился юноша.

- Скажешь потом, как насчет рассказов, и вообще, если просто хочешь поговорить.

- Ты готова выслушать? Может, ты ошибаешься по поводу журналистики; может, тебе на психолога пойти?

- Это почти одно и то же.

- Да, ты, наверное, права.

Альмира увидела идущего в их сторону преподавателя литературы.

- Смотри, Макс идет сюда.

- Надеюсь, что он хочет поговорить о моих рассказах.

- Я не буду вам мешать.

Альмира пошла к своему велосипеду, хотя уезжать не собиралась. Если новости не очень хорошие, надо будет поддержать Дениса. А если хорошие - кто же не захочет ими поделиться.

Глава 13

Услышав от учеников, переговаривающихся между собой, о том, что Денис сидит в саду у велосипедной стоянки, Максим поспешил к нему. К счастью, у него была причина для встречи с ним, благодаря которой он мог бы как-то отвлечь своего сына от огорошившей его новости.

- Денис, я прочитал твои рассказы, - сходу заговорил преподаватель.

Сердце юноши тревожно забилось. Он и не подозревал, как эта новость ему будет важна. И нужна. Хорошая новость очень бы поддержала его сейчас.

- Я вначале хотел с тобой об этом попозже поговорить, но решил все же не откладывать, -

как будто прочел его мысли Максим. - Денис, у тебя есть дар! Ты очень талантлив! Ты должен обязательно писать! Я помогу тебе в этом. Твои диалоги такие легкие, естественные. Не всякий способен на это.

- Правда? Вы уверены, что из меня может получиться настоящий писатель?

- Ты уже есть писатель. Знаешь, чтоб быть писателем не обязательно заканчивать институты. Незримый диплом ты получаешь уже при рождении. Конечно, учиться надо. И первым университетом для писателя является жизнь; учась же в литературном, студент оттачивает свое мастерство - не более. Дать же тебе жизненный опыт, сделать богатой твою душу не в их компетенции. Надо помнить, что дар, каким бы он ни был, проходит через призму личности. Чем интересней писатель как личность - тем интересней его герои.

- Я понял: чтоб быть хорошим писателем, я должен в первую очередь позаботиться о своей душе, о ее чистоте и развивать свой ум, конечно.

- И не только для того, чтоб быть хорошим писателем.

- Да, я понимаю. Максим Олегович, вы не представляете, как мне все это важно сейчас было услышать. Извините, что не пришел на урок - вы знаете причину: мне нужно было переварить услышанное.

- Понимаю, - тихо произнес Максим.

Если бы она не попросила его молчать... Он был рад, что ему удалось дать Денису новую пищу для размышления. Но все же, как бы ему хотелось обнять Дениса; рассказать, как он счастлив, что у него есть сын. Да еще такой, которым он может гордиться. Чтоб не сделать непоправимое, Максим поспешил закончить разговор.

- Знаешь, любое написанное произведение требует корректировки. Молодым писателям - и не только молодым - часто в этом помогают редакторы. Пока эту роль буду выполнять я. Я сделал правки, поработаешь над ними. И если будут вопросы, обращайся в любое время.

- Спасибо вам огромное!

- Я рад, что у меня есть такой... ученик.

Альмира слышала все - ужасно была рада за своего одноклассника. Но ее привлекло еще и другое. «У них не только глаза одинаковые», - подумала будущая журналистка.

У литератора были длинные, красивые пальцы - такие называют пальцами пианиста. Пальцы Макса были абсолютной копией...

«Или наоборот, - поправила себя девушка, смотря вслед удаляющемуся преподавателю, - пальцы Дениса - копия...»

- Альмира, ты слышала? У меня есть дар! Макс подтвердил - у меня есть талант!

- Да, у меня было такое подозрение, но

теперь получается, что я не ошиблась. Я так рада, Денис!

- Знаешь... я немного с ленцой. Думал, что писать - такая морока, а это оказалось так здорово. Я писал вопросы и слышал ответы. Я слышу моих героев! Я как секретарь, которому некто, стоя за его спиной, диктует, - остается только записывать услышанное.

- Но работать над написанным тебе все же придется.

- Да, и Макс так сказал. Подожди, теперь я понял, почему у меня с описаниями пробелы. Я ведь привык сочинять устно. А в устных моих историях рисовать картины мне не приходится: я их просто вижу, мне остается проговаривать только диалоги.

- Вот теперь то, что видишь, описывай, не оставляй их в своей голове - в «облаках», - улыбнулась Альмира.

- Слушай, можешь почитать мои рассказы?

- Конечно! С удовольствием! Если уж они Максу понравились...

- Нет, я не для этого. Ты же критик.

- А-а, ты хочешь, чтоб я взглянула на них с этой точки.

- Знаешь, не просто взглянула, а прям чтоб копала. Я считаю: пусть будет критики перебор, чем недобор.

- И я сказала, что ты не тянешь до Макса...

- Берешь слова обратно? - Денис довольно улыбнулся.

- Да я просто тобой восхищаюсь! Знаешь как нас, критиков, не любят!

- С моей стороны есть одна хитрость. Ты же будешь критиковать до выхода книги. Это как прививка: пусть немножко будет больно сейчас, но зато потом не буду страдать.

- Ты просто растешь в моих глазах!

- Альмира, если бы ты знала, как я счастлив!

Он подхватил ее на руки и начал кружить, девушка заразительно засмеялась.

В какой-то момент ее губы оказались так близко... Денис порывисто поцеловал ее. Затем медленно опустил на землю.

- Извини...

- За что?.. Или вернее, за кого?.. Это ты из-за нее?

- Что из-за нее?

- Извиняешься.

- Знаешь, я, пожалуй, пойду заберу у Макса рассказы с пометками. Мне бы хотелось уже сегодня начать корректировку, - проговорил Денис немного нервно, отведя взгляд в сторону.

- Да, конечно. Увидимся завтра. В школе.

- Да, завтра. Пока.

- Пока.

Альмира, глядя вслед юноше, машинально провела пальцем по нижней губе.

Глава 14

Денис, подходя к школе, увидел выходящую из здания Асю.

- Ася!

Девушка остановилась, но взгляд ее был устремлен вперед, поверх его плеча.

- Здравствуй, Ася! - не зная с чего начать, произнес юноша.

Девушка перевела взгляд на него, но на приветствие не ответила.

- Ася... ты прости меня, пожалуйста!.. Я идиот! Я знаю - я ужасный идиот! Не стану оправдываться тем, что не моя это была затея. Я понял, что важен поступок. А за поступок отвечает тот, кто совершил его. Я в последнее время спать не могу толком. Нет, я не то говорю

- я опять про себя... Ты хорошая девчонка. Смешная немного. Вот и подумалось, наверное, что в итоге смешно будет... Может, не сразу... может... не сейчас... но я очень надеюсь, что когда-нибудь простишь.

- Хорошо.

- Что... хорошо?

- Я прощаю тебя.

- Да? Правда? Ты не представляешь, как это важно для меня!

Ася чуть кивнула головой и пошла мимо. Денис повернулся к двери здания.

- Денис, - услышал он за спиной.

Юноша оглянулся.

- Спасибо, - сказала девушка и быстрыми шагами пошла к воротам.

Денис сделал шаг вслед: надо было что-то ответить, но в этот момент из здания школы выскочил Алексей. Было видно, что юноша пытается догнать Асю. Денис решил не мешать им.

Поворачиваясь к зданию, он краем зрения заметил приближающуюся к нему Альмиру.

- У велосипедного колеса шина спустились, а насос я не взяла, - подойдя к нему, поделилась своей проблемой Альмира.

Ее взгляд не совсем соответствовал предмету разговора.

«Она умеет улыбаться одними глазами», - подумал Денис.

- У меня есть. Пойдем накачаю.

Денис не сразу заметил того, что идет на полшага вперед: он весь был в мыслях в только что произошедшем - с него как камень свалился. Альмира догнала его, подбодрила улыбкой. У юноши давно не было так легко и спокойно на душе.

- Может, посидим немного на скамейке, - предложил Денис после того, как работа была сделана. Денису почему-то не хотелось сейчас быть одному.

Вдоль аллеи стояли две скамейки. И на одной из них сидела девушка с разложенными книгами - готовилась к экзаменам. Они сели на другую скамейку, никем не занятую.

- Альмира... – произнес юноша. - Твое имя похоже на итальянское.

Альмира засмеялась:

- Я не первый раз это слышу. Это татарское имя - никакого отношения к итальянскому не имеющее.

- Ты татарка?.. Вот откуда эти твои карие миндальные глаза.

- Ну, мои миндальные, как ты говоришь, глаза никакого отношения к моей национальности не имеют. Моя бабушка жила в башкирской деревне; может, когда-то и затесался в нашу родню башкир с раскосыми глазами. У татар глаза разные: и маленькие, и средние, и большие; карие, как у меня, зеленые, голубые. Как и волосы, на любой вкус есть - брюнеты, рыжие, блондины.

- Правда? Я и не знал. А как же монголо-татарское нашествие?

- Ты историю хорошо знаешь?

- Я думаю, да. Она меня так же интересует, как и литература.

- Это правильно. Так и должно быть. История с литературой близки. Помню, когда мой старший брат отвечал маме урок по истории, я сидела под дверьми и слушала.

- Зачем же под дверьми? – удивился Денис. - Для маленькой девочки не нашлось места в комнате?

- Место для маленькой девочки в комнате нашлось бы, да брат запротестовал. Ему не понравилось, что я сижу «развесив уши», как он говорил. Мама была вынуждена попросить меня выйти из комнаты. Я вышла, но далеко не ушла - тут же под дверьми и пристроилась.

- Забавно... Вернемся к истории. Почему бы тебе миндалевидность твоих глаз да не приписать к нашествию.

- То что была Великая Русь, ты, конечно,

знаешь. А что ты знаешь о Великих Булгарах, а точнее - Волжских Булгарах?

Альмиру немного смущал направленный на нее взгляд юноши, она изо всех сил старалась не отвести свои глаза от его.

- Это страна, с которой граничила Россия, и расположена она была у Волги. Правильно я говорю?

- Да! Там жили булгары, предки нынешних татар.

- Допустим.

- Вот не «допустим»! Речь идет об истории. Названия, даты, лица - все это должно быть максимально точным, иначе нам никогда не добраться будет до истины.

- Хорошо. Как тебя по отчеству?

- Ринатовна.

- Альмира Ринатовна, я с вами полностью согласен - в Великих Булгарах, как дважды два - четыре, жили предки татар.

- И это еще не все, дорогой мой ученик!

- Дорогой?..

- Не отвлекайся... И называлась эта нация не татары - а волжские булгары. Татары, как название нации, было зафиксировано позже.

- Но почему именно татары?

- Это вопрос, который многие историки освещают по-разному. А пока историки спорят, народ, и в том числе ты, так и думает, что наши предки есть монголо-татары. А на самом деле - как я прочитала у одного из историков - в двадцатых годах тринадцатого века Волжская Булгария была первым европейским государством, отразившим удар татаро-монгол. Лишь через тринадцать лет, в тысяча двести тридцать шестом году, монголы смогли взять Биляр. И прошло еще пять лет, прежде чем монголы полностью покорили их.

- Выходит, современные татары на самом деле не татары, а булгары?.. Почему же им прикрепили именно это название?

- Вот теперь сюда придется вмешать племя татар, которых - как утверждают историки - среди войска Чингисхана было больше, чем самих монгол. И часть из них осела на берегах Волги навсегда.

- Но это же меняет дело. Откуда ты знаешь, что твои миндалевидные глаза все же не от пришельцев? – проговорил Денис, пряча улыбку.

- Я поняла: тебе просто очень хочется, чтоб я как-то все же была связана с Чингисханом. А я-то думала, тебе только смешные нравятся… Извини...

- Она сказала мне «спасибо» - за что? – перешел Денис на серьезный тон.

- Знаешь, когда тебе делают больно, очень много времени уходит на заживление раны. Но если человек, осознав, что сделал больно, просит у тебя прощения - это все равно, что на рану наложить повязку. Рана еще, может, и будет кровоточить, но уже не так, как раньше. И на исцеление надежда уже есть. Ася ведь была влюблена в тебя. Может, и сейчас любит. Для нее это было очень важно - твое извинение. Ты понимаешь меня?

- Да. Знаешь, мне тоже стало намного легче. Не так, чтоб я совсем свою подлость забыл, - но все же... Мне, пожалуй, пора домой. Не хочу маму сильно расстраивать.

Глава 15

Света в школе не появлялась почти неделю. Скоро экзамены. Хотя пропуски для нее не были проблемой, так как репетиторов у нее хватало. Репетиторы были не только у нее: все хотели бы учиться бесплатно. Во всяком случае, при новой системе всегда можно попробовать вначале на бюджетный. Говорят, в Европе даже иностранцы учатся бесплатно. Но не поедешь же поступать за границу на предмет, связанный с русским языком и литературой. Конечно, не все ринутся на литературный факультет или журналистский.

«Интересно, какие шансы у Дениса?..» - продолжила свои размышления Альмира.

После случившегося в саду их отношения

развивались каким-то странным образом. Денис иногда кидал на нее короткие взгляды. Именно тогда, когда она на него не смотрела - и все же видела. Может, потому что сама краем глаза наблюдала за ним, но делала вид, что не замечает: было бы неловко столкнуться взглядами. И как бы она тогда ответила: просто посмотрела? улыбнулась? спросила глазами - что? Но взгляды были такие молниеносные - вряд ли она что успела бы. Скорее, произошел бы заряд высокой напряженности. Сейчас это было ни к чему, напряженности у Дениса хватает. В первую очередь ему нужен сейчас друг, не Светке же ему душу изливать.

Альмира впервые назвала одноклассницу Светкой.

И что он в ней нашел? Красивая - да. А дальше? И он ее так же целует... страстно?

Альмира почувствовала, как запылали ее щеки.

Этот поцелуй... Она не могла его забыть. Девчонки бы засмеяли, если бы узнали, что это был ее первый поцелуй.

О том, что она нравится сильному полу, знала всегда, с детского сада. Воспринимала это как норму: это была их проблема - не ее. Сильный же пол страдал, вздыхал, ходил кругами, но подходить к ней, тем более что-то предпринимать не решался. Конечно, она тоже иногда увлекалась; но пока этот счастливчик набирался духу, решался подойти к ней, она, хорошо чувствующая людей, успевала разочароваться и остыть.

Также в понимании девушкой сильного пола большую роль сыграли отец с братом. Мать работала в «Скорой помощи», поэтому большую часть времени им уделял отец. И с братом, хотя и случались иногда стычки, они были близкими друзьями.

Отец всегда находил для них время. Ходил с ними в кино, на концерты, в театр. Летом катались на велосипедах, зимой на лыжах. Они все вместе просиживали у телевизора, болея за «Зенит».

Из кухни иногда слышалось, как смеется мать, реагируя на их счастливый визг после забитого гола. Хоккей же смотрели всей семьей. В этом мать себе не могла отказать: хоккей она любила.

Брат - будучи старше - тоже прикладывал руки к ее воспитанию: канючить, ябедничать, лить слезы - позор и проявление слабости! Хотя подростком он именно ей изливал свои сердечные переживания. Из этих излияний она вынесла одно - не такой уж сильный пол и сильный: они точно так же переживают, не спят ночами; влюбившись, теряют в себе уверенность, а приобретают нерешительность; так же нуждаются в помощи и поддержке. Да и не только в любовных вопросах. Брат для нее был мостом к пониманию противоположного пола.

Альмира была большой любимицей отца. Может, потому, что была младшенькой. Отец называл Альмиру «почемучкой». а для отца, психолога, ее «почемучки» были по душе: дочь была в него.

Больше всего она любила *разговаривать* с отцом. Она подходила к нему, лежащему на тахте, прихватив заранее с собой подушку, и, сказав: «Папа я хочу с тобой разговаривать», удобно устраивалась рядом с ним, подложив подушку под голову. Вопросы дочери сыпались как из рога изобилия. С годами отец начал в ней видеть преемницу своей профессии. Но после смерти матери Альмира стала много писать, ее с удовольствием печатали - что и вывело ее на журналистскую стезю. Отец вначале пытался ее отговорить: «Ты готова к тому, что тебя будут не только любить и восхищаться тобой, но и ненавидеть и проклинать?.. Готова ради славы и гонорара не опуститься до заглядывания в замочную скважину?.. Сможешь ли заметить ту черту, за которую тебе не следует переступать? Потому что, переступив ее, ты можешь разрушить чью-то жизнь».

В то же время, читая ее статьи, понимал: у его дочери дар критика, который он сам же и развил. А на дар, полученный свыше, вето не наложишь.

Тесное общение Альмиры с отцом и братом, незаметно прививавшим ей и мальчишеские качества, привели к тому, что мужской пол не был для девушки чем-то загадочным. Поэтому привлечь ее только тем, что молодой человек был так же хорош, как и она, плюс красивая выправка, широкие плечи, сильные руки и так далее, - было невозможно.

Конечно, ей хотелось романтики, более того - любви. Но он должен был быть каким-то особенным. Как личность, а не потому только, что он является противоположным полом с красивой внешностью.

Но этот поцелуй перевернул все с ног на голову. Она-то думала, что знает всю их подноготную. Ее возлюбленный должен быть супер-пупер (как она иногда, смеясь, говорила подругам, удивляющимся, почему она до сих пор одна), но никак не ее одноклассник, с которым проучилась почти год и знала как облупленного. Уж не ей ли, восходящей звезде журналистики, не разобраться с тем, кто сидит через ряд, кого видит изо дня в день.

Но знает ли?

Разве она знала, что его растит отчим (даже он этого не знал); что он пишет рассказы - да такие, что сам Макс его похвалил; что он так может переживать и оставаться, несмотря ни на что, беспредельно честным.

И какие у него на самом деле сильные руки...

Нет, она, конечно, понимала, что он ее поцеловал от избытка чувств. Ситуация была такая. Но эти его взгляды... И почему он ее избегает? Тем более что Светы нет в классе. Альмира, привыкшая к мальчишеской дружбе, очень быстро приобрела себе друзей именно среди парней. Денис же - открытый, добрый, веселый - мог стать первым, с кем бы она хотела завязать дружбу; но, заметив недобрый взгляд его девушки, подходить к нему не стала. Да и времени для друзей, общения не так уж было много. Она, в отличие от других, работала на молодежный журнал по-настоящему - с планами, заказами, встречами, интервью.

***

Света наконец-то явилась и как ни в чем не бывало пошла на свое место - к Денису. Альмира быстро взглянула на Дениса и тут же отвернулась.

Совсем.

К окну.

И не потому, конечно, что юноша заметил ее встревоженный взгляд, - а потому, что было зачем смотреть в открытое окно. Несмотря на то что еще был май, погода на улице была летняя. Необычно раннее питерское лето, и она этому радовалась так же, как и поющие на все голоса птицы. И ей абсолютно все равно, что там творится на соседней парте. Что кто-то кого-то наконец-то дождался. Хотя зачем ему было дожидаться? Он совершенно спокойно мог ее посещать на дому... в ее комнате.

Силы небесные, что же это с ней творится? Что у нее за дурацкие мысли? Это же Денис, с которым у нее почти дружеские отношения! Почему он вдруг стал каким-то особенным, недосягаемым?..

Вошел Макс - класс, поприветствовав, стал усаживаться - и в это время кто-то с шумом занял пустующую за Альмирой парту. Кто - не заметила, но догадалась: Денис сидел уже один. Альмира собрала себя в пучок и усилием воли направила свой взгляд на преподавателя: ученицей она была прилежной. Приметила, как Макс быстро прошел взглядом от того, кто сел сзади, на Дениса и затем опустил глаза: он тоже собирал себя в пучок.

Альмира поняла: преподаватель пытается скрыть такое же, как и у нее, полученное от увиденного удовлетворение.

Как она могла забыть о нем: пальцы, глаза... Круг сомкнулся.

Замочная скважина…

Альмира это сейчас понимала более, чем когда-либо.

Когда человек обладает большой чувствительностью, интуицией, то заглядывание его в замочную скважину происходит независимо от того, хочет он этого или нет.

Альмира понимала: с этим нужно что-то делать, иначе же будет происходить то, что ей абсолютно претило.

Глава 16

Выйдя из класса, Денис отошел в глубь коридора, раздумывая: не дождаться ли ему Альмиры. Почему-то именно сегодня, когда появилась Света, решился подойти к девушке. Встревоженный взгляд, пойманный им, придал ему уверенности. Подойти к Альмире хотел все время, но какая-то сила его держала: ноги становились свинцовыми, как только он пытался направить их в ее сторону.

Альмира вышла.

Денис заметил, что она была чем-то сильно озабочена. Зазвонил ее телефон, она подошла к окну, отвечая рассеянно позвонившему. С той стороны, вероятно, поняли, что не вовремя: телефонный разговор закончился быстро.

Альмира машинально положила трубку на подоконник, какое-то время рассеянно смотрела в окно, затем резко повернулась и пошла в сторону класса.

Он заметил оставленный на подоконнике телефон. Но не стал ее останавливать. У него появилась идея. «Выйдет – отдам, - решил он. - И будет возможность вместе пройтись хотя бы до стоянки».

Чтоб ее не пропустить, подошел поближе к двери (девушка в рассеянности оставила ее приоткрытой).

Денис увидел, как, подойдя к Максу, она несколько раз пыталась начать разговор.

Юноша хотел было уже отойти, чтоб не подслушивать, как вдруг услышал:

- Я хотела поговорить с вами о вашей связи с Денисом.

«О чем это она, - подумал Денис. Почему-то в голову сразу пришли нехорошие мысли. – Это она что – совсем с ума сошла? Только с ним установились нормальные отношения. Как я ему завтра на глаза покажусь?»

- Он ваш сын, правда?

Денис был готов ко всему, но только не к этому.

«Неужели же Альмира мою шутку приняла всерьез?» - поразился юноша.

Завтра он точно в школу не пойдет – может, и послезавтра.

И вдруг до него дошло, что преподаватель молчит. Секунды шли - Макс молчал.

Денис дернул ручку двери, вошел в класс.

- Вот, ты оставила, - сказал он, положив перед Альмирой телефон.

Ни на нее, ни на преподавателя он не взглянул.

- Денис, подожди! - дрогнувшим голосом позвал Максим уходящего юношу.

Альмира выскочила вслед за ним. Но не стала его догонять, вернулась обратно в класс.

Макс так и остался сидеть за столом. Выставив перед собой руки, устремив взгляд куда-то в пустоту.

- Простите, я не хотела, чтоб вот так...

- Из тебя получится хорошая журналистка, - проговорил учитель, не оборачиваясь к ней.

- Я переступила черту, я знаю. Но Денис... Денис страдает.

- Мы хотели сказать Денису об этом после экзаменов, - ответил Максим, не смотря на нее, как будто разговаривал сам с собой.

- После экзаменов? Но он пытается найти ответ только на один вопрос: кто его отец? Он, возможно, думает, что отец его бросил? Что он ему был не нужен?

- Из тебя получился бы и хороший психолог, - наконец Максим обернулся к ней.

На нее смотрели растерянные, страдальческие глаза. Совсем как тогда у Дениса.

И у ее отца... Когда они стояли втроем, окруженные толпой чужих людей. Нет, конечно, многие из них были знакомые - ее бывшие одноклассники, мамины пациенты, соседи. Но тогда все эти люди ей казались чужими. Даже родственники. Как бы они ни сочувствовали, никто из них не мог понять и прочувствовать, как ей больно, как ей невыносимо больно! Все - кроме двоих - были ей чужие. Кроме отца - растерянного, несчастного, пытающегося сдерживать себя из-за детей, из-за посторонних. И брата, не догадавшегося переодеть форму срочника (его отпустили, ему оставалось дослужить месяц), в каждом письме писавшего, как скучает по ним, как мечтает быстрей обнять их, и не получившего даже возможности попрощаться, обнять мать живую. И потом, когда все ушли, она нашла его в комнате, забившегося в угол и давящегося слезами. И, не выдержав, разрыдавшегося, оказавшись в объятиях младшей сестренки, которую учил: проливать слезы - слабость.

А она держалась. Держалась, потому что

понимала: если сорвется, никто ее остановить не сможет. Она просто сойдет с ума. Крик был там - внутри. Усилием воли приходилось его сдерживать - чтоб не вырвался наружу, сметая все: ее и ее близких. Надо направить свои мысли в другое русло, закрыть свои чувства на замок - чтоб удержаться, как-то удержаться на поверхности. Иначе пропасть – глубокая и страшная. Альмира знала, что бы ни говорили о чувствах, ими управляет мозг. Значит, нужно занять его. И девушка начала писать. Все свое свободное время; ночами, когда не спалось. О чем угодно, только чтобы тема была далека от ее личных переживаний.

Она вдруг поняла, что взрослость Максу придавали не его незначительные седины или морщины (их почти не было), а его глаза – грустные и слишком серьезные, как будто он прожил очень длинную и нелегкую жизнь. Они оживали во время дебатов и потом, когда ученики уже сидели, уткнувшись в свои тетради, глаза его опять затуманивались. Вот о чем он думал на переменах у окна… А ведь ему на самом деле всего лишь тридцать пять (она из любопытства прочла его роман, где на первой странице были биографические данные), он моложе ее отца на восемь лет.

Сколько же было Максу, когда родился его сын?..

Восемнадцать?..

Всего восемнадцать?..

Он был тогда всего лишь на год старше ее? Что же произошло? Он сына бросил или даже не знал о его существовании, или же мать Дениса выбрала другого?

Альмира сделала попытку отогнать свои мысли. Она опять лезет через ту черту. Это не ее дело! Не ее! Не ее! Но Денис... он страдает. И потом, будь она психологом... Но психолог помогает, если к нему приходят добровольно.

Максим встал из-за стола и медленными движениями стал собирать свои записи.

- Извините меня, - еще раз чуть слышно произнесла Альмира и пошла к дверям. Но у выхода, не выдержав, оглянулась: Макс стоял, смотря перед собой, чуть ли не в комок сжав в руке листок.

***

Максим бросил скомканный лист, с аккуратно выписанными заметками, обратно на стол.

Альмира права: он слишком затянул свое признание. Надо было тогда... сразу... но она просила... Разве он мог ее ослушаться... он, наверное, и права-то на это не имел. Алина до сих пор не в курсе, как он узнал про Дениса.

«Сейчас меня интересует только мой сын».

Странно, но воспоминание об этой фразе не вызвало у него обиды. Она любила сына, *его* сына...

Им внезапно овладело волнение. После того как он узнал о Денисе, думал о нем только как о своем сыне. Лишь теперь, когда тайна окончательно раскрылась, он связал их втроем. У него с Алиной есть сын, у них общий ребенок. Правда, давно уже не ребенок - а юноша, имеющий свои взгляды на жизнь.

Во время уроков ловил каждое его слово, спрашивал всегда, когда тот поднимал руку. Одноклассники, вероятно, замечали его особое отношение, но удержаться было трудно.

Когда Альмира произнесла свою первую фразу, он даже внутренне вздрогнул; но никак не ожидал того вопроса, что она задала. Как Альмира догадалась?.. Из нее на самом деле получится хорошая журналистка.

Им надо поговорить. Но как? Когда?
Сколько сыну понадобится времени, чтобы подпустить отца к себе?

Дверь приоткрылась - Максим с надеждой обернулся.

В дверях стояла секретарша с конвертом в руке.

- Максим Олегович, вам пришло письмо.

Максим, взглянув на обратный адрес, сразу понял, о чем оно.

Обрадовался.

Бог - как говорится - в помощь: возникла резонная причина появиться там.

Да, но хорошие ли новости?

Он хотел было уже вскрыть конверт, но в последний момент решил: это должен сделать тот, кого это письмо касалось.

Глава 17

Лучше бы уж он промолчал, лучше бы он ничего не сказал. То, как Макс позвал его и как произнес его имя, - не оставило абсолютно никаких сомнений.

«И чего она полезла, что она сует кругом свой нос», - злился Денис, быстрыми шагами направившись к дому. О том, что он приехал в школу на велосипеде, он даже не вспомнил.

«Журналистка! Они все такие: влезут тебе в душу, не спросивши», - кипятился Денис, забыв, что он совсем недавно об этой карьере только и мечтал.

И сердился-то он на нее, чтоб не думать о главном, - ни логика, ни его чувства не были готовы к тому, что ему опять пришлось узнать мимоходом.

- Только бы мамы не было дома, только бы мамы не было дома... - повторял Денис, не замечая, что говорит вслух.

Но мать оказалась дома, да еще тут же и столкнулась с ним в прихожей.

- Я каждый час, каждую минуту думал: кто он? - начал с ходу Денис, чувствуя, что ему просто не остановиться. - Кто мой отец? Может, этот бомж, заглядывающий мне в глаза? Может, булочник. Может, он радуется не тому, что я именно у него покупаю любимые мои булочки; может, здесь кроется совсем другая причина? Или этот мужчина, проехавший мимо на дорогущей машине? Почему бы он стал смотреть на прохожего.

Где живет мой отец: на соседней улице или на окраине города, а может - в Москве, в Саратове? Или даже в другой стране, на другом континенте или вообще на другой планете?! - закричал юноша уже не в силах совладать собой.

Денис прошел в гостиную, сел на диван, закрыв лицо руками. Мать молча проследовала за ним.

- Да вот же он, - оторвав руки от лица, с усмешкой продолжил сын. - Сидит напротив, смотрит на меня, разговаривает со мной, кладет мне руку на плечо.

И какое-то непонятное чувство влечет к нему. Его слова, его похвалы почему-то дороже отцовских. «Ну, у меня такой отец», - думал я. А Макс преподаватель, профессионал и притом интересный человек. Макс же преподает мой любимый предмет.

А я ведь тайно радовался, что являюсь его любимчиком, хотя почти даже себе в этом не признавался, да и на оценках это никак не сказывалось.

Год! Целый год это все продолжалось, и я ни-че-го не знал!.. Как долго вы собирались скрывать это от меня? - опять перешел юноша на крик.

Мать все время тирады стояла перед ним как кролик перед удавом: не только не решаясь, но даже не в состоянии что-либо вставить.

- Я тебе объясню, я тебе все объясню, - наконец выговорила она, не сев, а буквально плюхнувшись рядом с ним на диван. - Ты только открой, пожалуйста, окно… мне очень душно.

- Мама! - вскрикнул Денис, вскакивая с дивана.

- Что? Что, опять? - прибежал в комнату Николай, только что вошедший в квартиру. За последние годы он научился распознавать этот возглас. - Ну что ты сидишь, звони в «Скорую помощь»!

Денис побежал в прихожую: телефон остался в портфеле. Николай бросился к аптечке.

Все шло по годами отработанному плану. Никаких чувств - страха, отчаяния, слез. Они были раньше, когда Денис был маленьким. От истерики его останавливал взгляд отца. Тогда он казался недобрым, почти злым. Но, взрослея, Денис понял: чувства потом, а сейчас надо их держать в узде.

Сейчас они могут только помешать - из-за них можно потерять драгоценные секунды. И еще нужны силы для веры - что это все пройдет, они смогут сделать все. И мать будет с ними. И все будет по-старому. Она опять будет будить его по утрам, а он притворяться, что не чувствует ее поцелуя. Потом они будут вместе завтракать. И будут звонки, когда опять забудет предупредить ее, что задержится.

- В машину можем взять только одного. Кто поедет? - спросил врач «скорой помощи».

- Я, - сказал Денис так твердо, что Николай не решился возразить.

Глава 18

Дверь открылась - в палату вошел Максим. Денис, увидев встревоженные глаза матери, тихонько сжал ее руку и ободряюще улыбнулся - Алина успокоилась.

- Здравствуйте, - поприветствовал Денис вошедшего, вставая со стула.
- Здравствуй, Денис, - ответил Максим. — Ну как ты? - кивнул он Алине.
- Ничего... спасибо... намного лучше. Не знаю... какое лекарство мне врачи дали: глаза закрываются, хоть спички вставляй, - улыбнулась Алина устало. - Я посплю, а вы идите, посидите в садике... Вам надо поговорить, со мной это пока не получится... - сказала она, виновато взглянув на сына.

- Мама, ты спи. Не беспокойся. Все будет хорошо.

Отец с сыном шли по коридору молча. Напряжение ощущалось, но не такое сильное, как ожидалось: оба были обеспокоены здоровьем Алины.

- Как вы думаете, с мамой все будет хорошо? - спросил Денис, когда они вышли на улицу.

- Да, ты не волнуйся. До того, как зайти в палату, я был у врача. Ну и потом знал, что ты здесь, - проговорил Максим, мельком взглянув на сына.

- Нужно было подготовиться? А я думал: для вас, взрослых, всё легко.

Денис зацепился большими пальцами за карманы брюк. Преподаватель, вышагивающий рядом с ним, которого он буквально боготворил, - его отец.

Самый настоящий, родной, биологический отец. Каким и кем только он его не представлял. Отцом мог быть кто угодно. Он был готов ко всему, но чтоб им оказался Макс...

- Как видишь, не всё, - прервал его мысли Максим.

- Да... мама... Это из-за меня. Если с ней что-нибудь случится...

Он еле сдержал пытающиеся прорваться

слезы. Почему он такой? Ведь знал: нельзя, нельзя мать волновать сильно. Потому не хотел, чтоб мать была дома, - успел изучить себя в какой-то степени: часто его чувства брали верх над разумом. Но ведь возможно, что это один из главных предметов в его незримом дипломе писателя. Он бы был не против него, если бы от этого не страдали близкие.

Максим почувствовал переживания сына.

- С ней все будет хорошо. Врач сказал, что кризис миновал.

- Правда? Я так рад! Наконец-то хоть какая-то хорошая новость. А откуда вы узнали, что мы здесь?

- Отец твой сказал.

- Отец...

- Да, отец. Он тебе семнадцать лет был отцом. К сожалению, около шестнадцати лет я даже не знал о тебе. Вернее, не знал того...

- Что я твой сын? Ты сказал: около шестнадцати лет – значит, ты об этом уже год как знаешь?

Максим готовился к этому разговору с сыном больше года; он даже не подозревал, что произнесенное сыном «ты» его так взволнует. Он быстро взял себя в руки. Разговор предстоял долгий и трудный. И результат может оказаться совершенно не таким, на какой он уповает.

- Да. Я ведь сюда после того, как узнал, и приехал.

- Меня в классе тихонько называют твоим любимчиком. Громко-то не говорят: знают, что не из таких я, чтоб в любимчики набиваться. Я и принимал это за болтовню.

- Извини, видно, что-то просачивалось. Я не хотел тебя выделять, но у меня это, по всей видимости, не совсем получалось.

- Альмира умнее всех оказалась: она заметила, что у нас с тобой глаза одинаковые.

- И не только глаза. У тебя и брови и лоб мой, нос и губы матери.

- Девушкам нравится.

Денис довольно ухмыльнулся.

- Да, ты от нас перенял самое лучшее.

Максим улыбнулся, наконец-то позволив себе расслабиться.

- Мама выбрала другого, хотя ждала от тебя ребенка. Она, получается, не любила тебя? Я оказался ошибкой?

- Нет, ты не был ошибкой. Алина не знала, что это мой ребенок.

- Но как это возможно?

Денис остановился, посмотрев на Максима недоверчиво.

- Это длинная история.

- У меня есть время, - произнес Денис немного нервно.

Юноша направился к скамейке.

- У вас оно тоже, я думаю, есть, - опять перешел он на «вы». - У вас был целый год подготовиться к этому разговору, не так ли?
- Да, у нас есть время. Алина, наверное, часа два проспит - я хочу быть поблизости, когда она проснется.

Они дошли до скамейки и, не сговариваясь, сели, оставив между собой довольно большое расстояние.

Глава 19

- Я надеюсь, ты поведаешь мне историю моего рождения. Мне кажется, я имею на это право; хотя бы на ту часть, которая касается лично меня, - проговорил Денис, как только они сели на скамейку.

- Я расскажу тебе все, ничего не утаивая: ты уже достаточно взрослый для этого.

Максим некоторое время молчал. Нет, он не собирался с мыслями, ему не нужно было напрягать память. Он прекрасно помнил тот день, когда впервые увидел Алину. Просто, возвращаясь мысленно в прошлое, Максим почувствовал волнение от коктейля чувств - счастья с болью.

Было видно, что его волнение передалось Денису. Понятно, что причина волнения сына была совсем другой - вот-вот должна была открыться завеса над тайной, наличие которой волновала его все время, как только он узнал о ее существовании.

- Наша дружба с твоей мамой началась со второго класса, - начал свой рассказ Максим. - Первый класс я закончил в Москве.

Мне было пять лет, когда в нашей семье произошла трагедия: мои родители погибли в автокатастрофе, их протаранил КамАЗ, водитель которого уснул за рулем.

После случившегося меня из Петербурга забрали родители мамы - мои бабушка и дед Денис.

- Моего прадедушку звали Денисом?

- Я его вначале звал просто Денисом, но бабушка приучала меня называть его дедом. В конце нашелся компромисс - я его стал называть дед Денис. Да… это было сюрпризом для меня самого - то что Алина назвала тебя в честь моего деда. Я тогда подумал: может, она замуж вышла из-за того, что забеременела от Николая. Сознание того, что она меня не забыла и даже, возможно, продолжала любить, сильно грело мою душу.

- А откуда моя мама знала про твоего деда?

- Мы еще до этого не дошли; я ведь предупреждал, что история будет длинной.

- Хорошо-хорошо. Я хочу все знать.

- Я знаю. И постараюсь быть обстоятельным.

Когда я заканчивал первый класс, мой дед заболел. Его не стало первого мая. Помню: все вокруг праздновали, а у нас... Я не люблю этот день. Всегда стараюсь выехать куда-нибудь за город, подальше от празднующих...

Максим некоторое время сидел молча.

- Я очень его любил, - продолжил он. - Дед уделял мне довольно много времени. Может, он хотел отвлечь меня от случившейся с моими родителями трагедии или же просто жалел.

Бабушка очень тяжело переживала потерю мужа. Бывало остановится посреди комнаты и стоит как монумент. Я брал бабушку за руку и пытался сдвинуть с места - но безрезультатно. Потом ее положили в больницу, а меня забрала тетя. Так я оказался опять в Петербурге.

- С отцом вы уже здесь познакомились? (Я уже не знаю, как его называть.)

- Так и будешь называть, этого права у тебя никто не отнимает. Нет, с ним я познакомился в Москве. Они тогда жили на одной площадке с дедом.

- Разве у них в Москве была квартира? Его родители живут под Москвой.

- В большом доме, знаю. Они купили его

позже, а тогда еще жили с нами по соседству.

Николая часто приводили к нам, - продолжил Максим. - Я уже говорил, что дед уделял мне много времени, и родителей Николая это, по всей видимости, очень устраивало. Они жили не бедно, их жизнь была полна всяких развлечений, в которые их сын не очень вписывался. Когда я переехал в Питер, Николай стал уже приезжать к нам сюда. У его отца закручивалось большое дело, и он всегда был занят. Его я после возвращения в Петербург и не видел больше.

Но вернемся к нашей встрече с твоей мамой. Я почему-то очень хорошо запомнил этот день... Тетя привела меня в школу и передала моей учительнице.

«У нас будет учиться новый мальчик», - сказала преподавательница, введя меня в класс.

«Скажи сам, как тебя зовут», - прошептала она, наклонившись ко мне.

Но я промолчал. Потеря третьего близкого человека за такой короткий срок отложила на меня отпечаток. От природы я был очень восприимчив, но в тот момент мне было все равно, кто как смотрит на меня, говорит обо мне. Мое молчание никак не отражало моего отношения к учителю или к классу. По всей вероятности, у меня была депрессия, о которой тогда не то что не хотели думать, но, скорее всего, не умели распознать.

«Его зовут Максим Тигров», - представила меня учительница сама.

В ее голосе послышалось раздражение. А дети, особенно маленькие, часто копируют не только родительское отношение к братьям и сестрам, но и отношение преподавателя к их одноклассникам.

- Да? Я не знал или просто об этом не думал.

- Раздражение учительницы тотчас передалось классу.

Мне было разрешено самому выбрать место. Я хотел подсесть к одному мальчику: мне показалось, что он более нейтральный, чем другие. Но, разгадав мою попытку, он тут же сдвинулся на свободное место, дав понять, что меня там не ждут. (Мы, кстати, потом стали друзьями, первое мое впечатление о нем не было ошибочным.) Сзади него сидела девочка. Она внимательно разглядывала меня своими большими серыми глазами. Волосы ее были аккуратно заплетены в косички с бантиками на концах (у нее единственной были банты, тогда уже мало кто их носил).

В отличие от впереди сидящего мальчика она, наоборот, отодвинулась, предоставляя мне место с той стороны, с которой я стоял. Я не стал испытывать судьбу - сел рядом с ней, отодвинувшись как можно дальше; но девочка придвинулась ко мне и прошептала: «У тебя такие грустные глаза. Что-то случилось, да?..»

Со мной старались не говорить о произошедшем с моими родителями, а позже с дедом. Я тоже ни о чем не спрашивал. Возможно, мне казалось, что я мал, чтоб беспокоить их; что для них их горе намного сильнее, чем мое, - я слышал, как моя тетя по ночам иногда плакала.

Сочувствие этой незнакомой девочки и ее прямой вопрос взбудоражили во мне мою застывшую боль. И я почувствовал, что сейчас расплачусь. Я встал и вышел из класса. Затем побежал. Я не успел выскочить на улицу – разрыдался прямо в коридоре.

Когда меня разыскали, я уже выплакался, и учительница увидела опять замкнутого в себя новичка-буку.

До прихода тети я просидел в классе, куда собирали нашкодивших.

Я видел, как моя тетя о чем-то говорила с учительницей. После чего та подошла ко мне и извинилась. Я не понял - за что, но мне как-то сразу стало легче. Я почувствовал изменение отношения ее ко мне. С этого дня я стал потихоньку оттаивать.

А с Алиной мы просидели за одной партой до окончания школы. Мы с ней стали не разлей вода: все наше свободное время мы проводили вместе.

Когда стал приезжать Николай, он естественным образом влился в нашу компанию.

Время шло, мы взрослели. Мне нравилось, что Николай так бережно, иногда даже нежно обращался с Алиной. Ревности я никогда не испытывал. Чувствовал, что именно я являюсь избранником Алины. Я никогда в твоей матери не сомневался, ведь наши отношения начались с дружбы.

Бабушка твоя была очень строгой, и я, проявляя к ней уважение, не переходил черту дозволенного. Кроме последнего прощального вечера, перед моим отъездом в Москву.

Когда я заканчивал школу, решили, что поступать я буду в столичный университет, так как кому-то из нас нужно было находиться с бабушкой: она уже была совсем старенькой. Тётя еще работала, и ее вряд ли взяли бы в Москве на работу в предпенсионном возрасте. У нее был отпуск, и она поехала к своей матери до меня.

Это было наше первое расставание. Был красивый прощальный вечер. Мы с Алиной обещали друг другу, что обязательно будем держать связь, встречаться друг с другом на каникулах; а потом, когда получим диплом и начнем работать, мы уже будем вместе навсегда.

Наши переживания, наши мечтания, красное вино – по всей вероятности, все это вместе стало причиной того, что произошло той ночью.

Максим замолчал. Прошло много времени,

но тот вечер - вечер единственной их близости - он никогда не забывал, часто вспоминал о нем во всех подробностях, когда тоска по ней и боль утраты охватывала его плотным кольцом.

- Нет, Денис, ты не был ошибкой. Ты плод большой любви, которую я не смог забыть.

- Ты поэтому до сих пор один?

- Ну, женщины, конечно, у меня были. Но чтоб жениться без любви… Женятся без любви только по ошибке: те, кто еще не испытал ее, принимая за любовь простое увлечение. Я уж не беру во внимание тех, кто женится по вынужденному обстоятельству или из любви к роскошной жизни. К тому же та, которую я любил с детства, жила на расстоянии в одну ночь. Твоя половинка - где бы она ни была, сколько бы ни прошло времени, кому бы она ни принадлежала - не перестанет быть твоей половинкой. И тому, кто вас разлучил, придется смириться с тем, что его пара - всего лишь пара, им никогда не быть одним целым.

- Значит, все дело в моей маме? Ее любовь оказалась не такой сильной?

- Иногда даже маленький случай может перевернуть всю твою жизнь. Такие случаи называют судьбой. А судьба не всегда бывает благосклонной…

Максим вынул из пачки сигарету, покрутил

ее между пальцев, затем смял и выкинул в мусорный ящик, стоящий рядом со скамейкой.

- По дороге в Москву я сильно простыл. (В поезде все форточки были открыты, а я, перенесший в детстве воспаление легких, был слаб к сквознякам.) Отлеживаться мне было некогда: было много дел, связанных с началом учебного года. Я температурил и, придя домой, сразу сваливался.

Николай собирался переехать в Петербург. (Отцу Николая нужно было, чтоб кто-то там представлял его фирму. Родители решили, что Николай переведется на заочный и начнет работать в Петербурге.) Я и подумал, что передам через него письмо и цепочку с кулоном - с одной половинкой сердца, вторая половина которого уже висела у меня на шее.

Николай выехал из дома раньше, чем я предполагал, и мне пришлось ехать на вокзал. На обратном пути по дороге домой, в метро, я потерял сознание.

У меня оказалась двусторонняя пневмония. Я очень долго лежал в больнице, был почти на грани. Ни от Николая, ни от твоей мамы вестей никаких не было.

Позже я узнал, что они поженились.

- Ну не легла же она сразу с ним в постель!
- Денис!

135

- Я уже взрослый. И хочу знать все. Или ты думаешь, для меня все это неважно?

- Знаю, что важно, поэтому так подробно и рассказываю. Дальше ты узнаешь то, что еще не знает даже Алина; то, что меня потрясло и выбило из колеи на месяцы, из-за чего я и оказался здесь.

Максим какое-то время молчал, Денис его не торопил.

- У тети моей полтора года назад обнаружили лейкемию. Она приехала ко мне в Москву: мы решили попытать счастья - не подойду ли я ей как донор. Да и некого было проверять больше: кроме меня, у тети никого не было. Удивительно, но я подошел.

Радость оказалась преждевременной: после всех процедур результат был плачевным.

Помню, как мы с врачом вошли к ней в палату. Тетя была уже совсем обессилена, глаза были закрыты. Мы решили, что она спит.

«Сообщите родственникам, чтоб пришли попрощаться», - сказал тихо врач.

Я ему ответил, что нас только двое и что скоро я буду совсем один. Доктор сочувственно посмотрел на меня и вышел.

Тетя открыла глаза.

«Ты разве не спишь?» - сказал я виновато, предположив, что она могла слышать наш разговор.

И был прав.

«Ты не один, - еле слышно проговорила тетя (у нее во рту были болячки). - Промажь мне нёбо, - попросила она. - И подложи мне подушку».

Я сделал все, как она просила.

«Я знаю, почему твоя помощь была безрезультатной. Потому что я не заслужила ее. Это мне в наказание оттуда...» - произнесла она, подняв глаза вверх. «Тетя Ира, что ты говоришь! И вообще, может, тебе лучше молчать. Я знаю, как болит твое нёбо», - пытался я успокоить ее. «Максим... прости меня! - прохрипела тетя, ухватившись своей трясущейся рукой за полу моего пиджака. - Обещай, что простишь!..» - «Ты не могла сделать ничего, за что бы я тебя не мог простить», - со слезами проговорил я. «Я в этом не совсем уверена», - сказала она тихо и некоторое время молчала.

«Ты помнишь твой приезд в Москву после школы, когда ты сильно болел? - продолжила она. - Я уехала из Москвы только после того, как ты поправился. Дома почувствовала, что соседке моей что-то неймется мне рассказать. Пришла я к ней и потребовала, чтоб она выкладывала, что ей так не терпится поведать мне. Она рассказала о романе Алины с Николаем». – «Откуда она могла это знать», - удивился я.

Оказалось, что соседка работала с матерью Алины, которая с гордостью рассказывала сослуживцам, какого завидного жениха подцепила ее дочь.

«Должно быть, здесь не обошлось без ее мамы, - предположила тетя. - Она, после смерти мужа оставшись одна, только и думала о том, как удачно пристроить свою дочь. Николай же работал в фирме отца, и дела у него шли успешно. Я тогда не стала тебе ничего сообщать: хотела, чтоб окреп ты вначале. И учиться же тебе надо было.

В один вечер заявилась ко мне сама Алина. Она была бледной, осунувшейся.

- Мне нужна ваша помощь. Только вы мне можете помочь, - проговорила она чуть слышно.

- Ты это из-за Николая? - спросила я. - Ну что же, такое бывает - это жизнь.

- Нет, вы не понимаете, все намного хуже, - сказала она и разрыдалась. - Я беременна.

- Давно? - спросила я.

- Не знаю, вы можете меня проверить дома?

- Нет - дома нет. Приходи в больницу, я постараюсь принять тебя, когда никого не будет. Этого же ты хотела? Чтоб никто не знал?

- Да. И знать - чей он.

Я догадалась, на кого еще она намекала.

Я, конечно, была уверена, что она беременна от Николая. Но, проверив, поняла, что ребенок твой.» - «Мой?!»

Это был гром среди ясного неба.

«Максим, вряд ли ты меня простишь, -

тихо промолвила тетя, - но я должна тебе все рассказать. А сил у меня мало; было бы лучше, если бы ты просто выслушал меня. Я хочу, чтоб ты знал: ты не один. И у тебя есть еще время исправить мою ошибку». - «Рассказывай, но ничего не утаивая», - почти потребовал я. «Я обещаю...» - проговорила она, пытаясь приподняться.

Я быстро подложил ей под голову еще одну подушку. Мне сейчас очень стыдно об этом вспоминать: я нервничал, я вдруг испугался, что она может не успеть мне рассказать все. Мои движения были довольно резки, но тетя все это молча выдержала.

«Я сразу прикинула, - продолжила она, - как можно все расписать так, чтоб Алина думала, что ребенок от Николая. Она ведь была уже с ним. Тебе надо было учиться, чтоб быстрей встать на ноги и зарабатывать. Я тогда думала только об этом.

Узнав от меня, что ребенок от Николая, Алина довольно сухо произнесла, что будет делать аборт. Что-то во мне тогда дрогнуло. Я стала ее отговаривать. Она все равно просила дать ей время. Время на аборт я ей дала, но взяла с нее слово, что мы еще поговорим об этом.

Она стала приходить ко мне каждый день. Я подозреваю, что Алине просто было приятно быть в доме, где все напоминало о тебе. В конце концов Алина согласилась оставить ребенка».

- Ты живешь на Гороховой улице? - прервал рассказ отца Денис.

- Нет, я живу в квартире моих родителей. На Гороховой жила моя тетя.

- Она жила в доме Распутина?

- Да, откуда это тебе известно?

- Мы там часто бывали с мамой у тети Иры. Ведь так звали твою тётю?

Максим кивнул.

- Пока отец не устроил скандал и не запретил маме туда ходить. Я даже помню, когда это произошло. Это было перед первым сентября. Тетя Ира сказала, что хотела бы нам устроить праздник в честь моего поступления в школу. Но ни в этот день, ни потом мы у нее больше не были. Мама часто шла отцу на уступки. Может, не хотела лишних скандалов. Я с детства был очень восприимчив. Я думаю, она это делала из-за меня.

Мы туда не ходили, но я как-то уж часто стал встречать тетю Иру на улице. В основном после школы или видел ее в школьном дворе во время перемен.

Иногда она водила меня в мороженицу. Покупала игрушки, даже вещи. Папа ничего не подозревал: думал, вероятно, что это мамины покупки. А мама молчала. Стоило мне тогда сболтнуть... Но видно, после их ссоры я понял, что не стоит ему об этом ничего рассказывать. Да и не до меня ему было: он все время был занят делами фирмы.

- Об этом тетя Ира мне не рассказывала. Возможно, она не посчитала это важным, или просто у нее уже не было сил на это.

- Я даже представить не могу, каково тебе было. Я сам чуть с ума не сошел, когда узнал, что человек, которого я принимал за отца, мне не отец. Я же думал, что мама скрывала от меня это. А получается, она и сама не знала.

- Что со мной потом было... Я не мог спать, не мог есть. У меня было желание бросить все и поехать в Петербург. Но я не мог оставить тетю: ее дни были сочтены.

Она ушла довольно быстро. Только потом я узнал, что она отказалась от переливания крови, что могло бы как-то продлить ей жизнь.

Узнав об этом, я решил, что не уеду, пока не приведу в порядок ее могилу, не справлю по ней поминки. Я не могу сказать, что простил ее. Но постарался сделать все так, чтоб потом не упрекать себя. Я понял - есть вещи, которые впоследствии трудно исправить, а иногда и невозможно.

- Ты вернулся в школу из-за меня?
- Это была хорошая возможность не только

видеть тебя почти каждый день, но и поближе познакомиться с тобой. Да и Алину я не видел с тех пор, как уехал тогда в Москву.

- А я удивился, что ты взял меня в литературный класс, хотя я не показывал никому свои рассказы.

- К счастью, я мог взять тебя в класс по объективной причине: твои сочинения были интересны; я подумал, что из тебя получится хороший критик. И конечно же, был рад, что ты пошел по моим стопам.

Максим взглянул на часы.

- Я схожу посмотрю, не проснулась ли мама, - среагировал Денис, - и сообщу потом тебе.

***

Максим задумался...

Как многое могло измениться тогда, после первой его встречи с Денисом…

Он знал, что Алина на лето отправляет своего сына к родителям Николая. Ему иногда безумно хотелось посмотреть на него - хоть таким образом прикоснуться к ней. И раз он все же решился. Поехал на электричке, чтоб нигде не засветиться. И чего только он тогда боялся?

Подошел к дому сзади. Хотел уже обогнуть его, как вдруг услышал: «Денис!»

Его буквально качнуло, как будто током ударило, - Денис?..

Из-за угла выскочил малыш. Заразительно смеясь, он убегал от бабушки. Максим увидел его буквально мельком. У него были длинные, почти до плеч спадающие светлые локоны; ресницы и брови были черные. Почему это странное сочетание не заставило его понять истину? (Николай, как и Алина, светлый.) Не потому ли, что потери в жизни стали для него закономерностью, и он просто уже не только не верил в чудеса, но и не позволял себе этого.

А Алина... как же она не заметила, чьими глазами смотрит на нее сын?.. Как чьи-то слова, чья-то ложь может нас так отуманить, что мы не видим очевидное?

- Мама проснулась, - услышал Максим голос сына, неожиданно появившегося перед ним. - Она поест и потом придет сюда, а мне нужно по одному делу отлучиться.

- Хорошо, я буду ждать.

«Ты в порядке?» - хотелось Денису спросить у отца. У того был взгляд, как будто он возвращался откуда-то из прошлого. И было видно, что воспоминание навеяло на него то ли грусть, то ли боль.

- Я вернусь, - почему-то проговорил он и быстрыми шагами пошел к выходу.

Увидев Алину, Максим пошел ей навстречу.

- Может, тебе нужно было остаться в палате, я бы подошел туда.

- Нет, нет, мне намного лучше. Я думаю, это был больше нервный срыв, чем сердце.

- Прости! Это все из-за меня.

- Ты знаешь, что это не так. Я сама виновата. Такие вещи нельзя откладывать: мы живем не в вакууме.

Глава 20

Войдя в квартиру, Денис сразу пошел в кабинет отца. Юноша не сомневался, что застанет его именно там. (Отец всегда, когда нервничал, уходил в свой кабинет: отвлекал себя разборкой бумаг.)

- Открывай! - потребовал Денис, подойдя к его сейфу. - Открывай! Или я притащу сюда динамит и взорву его!

Николай молча подошел к сейфу и набрал шифр. Денис открыл дверцу и стал оттуда все вышвыривать.

На пол полетели деньги, документы; оказавшиеся в руках драгоценности кидал на стол.

Николай молча наблюдал за происходящим.

Он знал, что ищет сын, и знал - что найдет.

Денис наконец нашел то, что искал. В руке у него очутился кулон в форме половинчатого сердца.

- Вспомнил я, как ты вначале напугался, а потом рассердился, увидев его у меня в руке. А затем закинул его в сейф. Именно кинул, а не положил. Удивился я тогда этому. Поэтому, наверное, я и запомнил, хоть и был тогда еще маленьким.

Николай стоял, зацепившись за карманы брюк большими пальцами рук.

«Вот от кого я перенял такую привычку. Странно, у нас же разные гены», - машинально подумал Денис. Что-то внутри дрогнуло.

Николай казался спокойным, если бы не бросающаяся в глаза пульсация в шее.

Денис пошел к дверям. Взявшись уже за ручку, обернулся.

- Знаешь, что во всей этой истории самое противное? То что я тебе когда-нибудь все это прощу и даже буду, наверное, опять любить. И знаешь - почему?.. Потому что я чувственная размазня, как ты мне часто это говорил.

«Я не то разбираю», - подумал Николай, вздрогнув от звука захлопнувшейся двери.

Денис вернулся в сад и еще издали увидел, как родители о чем-то оживленно беседовали. Он подошел ближе - услышал, о чем говорила мать. Подслушивать было нехорошо, но заставить себя уйти он не смог.

- Нам надо простить ее, - донеслись до Дениса слова матери. - Кто знает, не отговори она меня тогда, я, возможно, в любом случае сделала бы аборт. Мы были еще студентами, поддержки особой со стороны мамы я не могла ожидать. Конечно, я тогда не вышла бы замуж за Николая. Ведь вышла только для того, чтоб у ребенка была семья. А тебя, я думала, что так и так потеряла.

Представить даже не могу, что не было бы Дениса! Знаешь, я думаю, всевышний дает не родителям детей, а ребенку жизнь. Эта жизнь, этот росточек пробьется и через асфальт, если ему дано быть.

- А вот и я, - нарочито громко произнес Денис.

- Денис?.. А мы тебя не заметили… - растерянно произнесла Алина.

- Хорошо, что ты вернулся, - обрадовался появлению сына Максим. - Я ведь к вам приходил, чтоб передать конверт. А потом узнал про Алину - и уже было ни до чего.

- Конверт?

- Да. Извини уж, без твоего разрешения, но на всякий случай послал твои рассказы в Москву в литературный.

- Да? Вы знаете ответ?

- Нет, это ты должен сделать сам.

Максим протянул ему конверт. Денис чуть дрожащими руками вскрыл его.

- Нет, я не могу... Мама, прочти ты.

Алина стала читать про себя. Увидев ее засиявшие глаза, Денис вырвал листок из ее рук и буквально впился в него глазами.

- Я прошел... Это правда? Но это же правда!

Он от избытка чувств обнял крепко вначале мать, затем отца, приговаривая:

- Спасибо! Спасибо! Спасибо!

- Я был уверен, что поступишь. Дар он есть или его нет, середины не бывает - а у тебя он есть. Я и ключ на всякий случай от квартиры прихватил, - проговорил Максим, опуская ключ в раскрытый конверт. Глаза его блестели от счастья. От того ли, что сын прошел, или от его первого крепкого объятия.

- Ты уедешь в Москву... - печально произнесла Алина.

- Мама, ты же знаешь - рано или поздно дети вылетают из гнезда. И потом, я не буду там один: Альмира, по всей вероятности, будет тоже учиться в Москве.

- Альмира - это та красивая татарочка?

- Не только красивая, но еще и умная, - с улыбкой, поддерживая сына, добавил Максим.

- Мам, откуда ты знаешь, что она татарка? - удивился Денис.

- У нее татарское имя и карие, миндалевидные глаза.

- Насчет миндалевидных глаз мы немного уходим от истории, но я позже тебе все популярно объясню.

- И по всей видимости - с превеликим удовольствием, - улыбнулась мать. - Как далеки вы в отношениях? - спросила она уже серьезно.

- Ну, скажем так: совсем еще на первых страницах.

- Сынок, вам надо в первую очередь думать об учебе. Об этом, я надеюсь, не нужно будет напоминать.

- Мама, ты не знаешь Альмиру! Вот уж кто меня будет заставлять учиться.

- Я бы хотела ее узнать поближе. Ты нас познакомишь до отъезда?

- Хорошо. Заскочу сейчас домой и пойду ее разыскивать. Вот она обрадуется! Ой, я совсем забыл, зачем уходил. У меня для вас подарок. Или вернее, для тебя, мама.

Денис взял руку матери и вложил туда кулон.

- Что это? - удивилась Алина?

- Это тебе уже... папа все расскажет.

Максим с сыном переглянулись и тут же отвели свои взгляды в сторону, стараясь скрыть обоюдное смущение.

Сын ушел. Алина повернулась к Максиму:

- Это то, что Николай должен был передать мне?

Он кивнул. Вытащил из-под рубашки такой же. Снял и, положив его ей на ладонь, соединил половинки сердец вместе.

Алина проследила за его действием, затем подняла глаза на него. Взгляд ее был оттуда - из их ранней молодости.

- Максим... боже... у нас с тобой сын! - проговорила она, сжав в ладони обретшее свои половинки сердце.

И голос тоже - ласковый, любящий - был оттуда.

- Я тоже об этом думал. Спасибо тебе!

Он взял ее свободную руку и прижался губами к ладони.

Нервы Алины не выдержали, и по щекам наперегонки, догоняя друг друга, покатились слезинки.

- Прости, - чуть слышно произнесла она.

- Нет! Только не говори, что мы не можем быть вместе, - проговорил Максим, посмотрев на нее умоляющим, но в то же время решительным взглядом. - Я сделаю то, чего не сделал тогда: я буду бороться за тебя. Я никогда не переставал любить тебя. Мне только надо знать: любишь ли ты меня или твоя любовь уже в прошлом.

Алина взяла его лицо в свои ладони (он почувствовал, как дрожат ее руки) и прильнула к его губам.

Глава 21

Денис чуть не растянулся, наткнувшись на стоявший у двери большой чемодан.

- Как мама? - спросил Николай, закрывая второй, поменьше.
- Лучше, уже выходит на улицу.
- Это хороший признак.
- Ты уезжаешь?
- Да, возвращаюсь в Москву. Мне всегда хотелось обратно. Питер, конечно, прекрасный город... красивых городов на земле много, но для туриста они от этого не становятся родными. А Алина была сильно привязана к своему городу.
- Это была единственная причина, почему ты не вернулся с семьей в Москву?

В голосе Дениса почувствовалась усмешка.

- Да, ты прав. Там был Максим... я не хотел потерять твою мать... и не только ее... - ответил Николай, печально посмотрев на сына.

- А ты... быстро сдался, - сказал Денис, переведя взгляд на чемоданы.

- Видел бы ты их тогда: как они любили друг друга... такое не забывается.

- Что же ты об этом раньше не подумал?

- Я ведь был уверен, что ты... что Алина от меня ждет ребенка. А когда узнал... не мог я потерять вас обоих. Это было выше моих сил.

«Он за эти дни как-то постарел», - подумал Денис, посмотрев на отчима уже с сочувствием.

- Знаешь, а я ведь тоже скоро уеду в столицу.

- Ты переезжаешь в Москву?!.

- Да, Макс отправил мои рассказы в литературный. Я, надо сказать, главный экзамен сдал, а за остальное и не переживаю.

- Ты попал в литературный? У тебя есть-таки талант! – произнес Николай, не скрывая удивления.

- Ты никогда в это не верил.

- Откуда же мне, технарю, - сделал Николай попытку оправдаться. - Я думал, время только теряешь. Талантливых, избранных по пальцам можно перечесть. Я так рад за тебя! Эта такая новость!

- Правда?.. – произнес Денис, посмотрев недоверчиво.

- Ты же мне потом дашь почитать свои произведения? – ответил Николай вопросом на вопрос. - Да, а где ты будешь жить? Может, к дедушке? Дом там, знаешь же, большой, все поместимся.

- Это будет далеко от учебы. Макс мне дал ключи от своей квартиры.

- Он остается здесь?

«А то я не знаю», - с сарказмом подумал Николай. Но все же, одно дело предполагать, другое – знать наверняка.

- Да. Он, как и ты, рвался всю жизнь в свой родной город.

- Видно, рано или поздно все становится на свои места... Мне пора. Тогда до встречи.

Николай хотел было обнять Дениса, но не решился. «Ничего, - подумал он, - мы скоро увидимся».

***

Буквально через несколько минут, после того как дверь за Николаем закрылась, раздался звонок. «Отец, наверное, что-то забыл, а ключ оставил», - обрадовался даже Денис, сожалея уже, что не обнял его не прощание.

За дверью стояла Альмира.

- Денис, как я рада - ты поступил в литературный! И ты тоже едешь в Москву!
- Еще не совсем, надо и остальные сдать, - улыбнулся Денис угловато: неожиданное появление Альмиры на пороге его квартиры его смутило.

- Денис, но ты знаешь и сам, что сдашь, - подбодрила она его, не замечая произведенного своим появлением переполоха в душе юноши.
- Откуда ты все это узнала, тебе отец успел сказать?
- Да, Макс с твоей матерью.
- А, этот отец.
- Их надо как-то особо отметить, чтоб не запутаться, - засмеялась она. - Ты... помирился с ним... с отчимом?
- Да, почти. Знаешь, он обрадовался, что я поступил в литературный. Как ни странно, мне это было приятно.
- Я рада за вас. Отрезать всегда успеется, а вот склеить - это уже иногда может быть и невозможно.

- Ой, что мы стоим, проходи... Значит, ты

видела моих родителей? - спросил ее Денис, когда они вошли в гостиную.

- Да, я думала, что ты в больнице, у матери; решила подождать тебя в садике. Вот там их и увидела; хотела уже свернуть, но они заметили и помахали мне. Пришлось подойти.

- Мама очень хотела познакомиться с тобой.

- Я приметила, как твоя мама осторожно разглядывала меня. Что ты ей сказал?

- Ну-у, ничего особенного.

- Ладно, не буду пытать. Я уже и так поняла по ее взглядам, - улыбнулась Альмира, ласково и немного томно посмотрев на него.

Денис, приблизившись к ней вплотную, обвил ее руками.

- Можно? - спросил он, скользнув взглядом по ее губам.

- Если обещаешь, что не будешь извиняться, - улыбнулась она, пытаясь скрыть смущение.

- Нет, не буду, - произнес Денис с хрипотцой, неожиданно серьезно.

Альмира почувствовала, что он с трудом сдерживает свои чувства.

Ее руки стали вдруг безвольными; перехватило дыхание. Она приоткрыла рот, пытаясь незаметно вдохнуть в себя воздух, и тут же ощутила на своих устах прикосновение его губ - мягких, теплых. Это был не тот его первый поцелуй - страстный, буквально оглушивший ее, - он был нежным, предупредительно осторожным.

Юноша слегка прижал девушку к себе и почувствовал, как вздрогнуло ее тело.

Альмира услышала чуть слышный стон. Неужели это она? Нет, это уже не она - девочка, выросшая по мальчишеским законам. В ней просыпалась молодая женщина, с сексуальностью, заложенной природой и пробужденной юношей, так страстно желающим ее.

Голова не переставала кружиться, но руки приобрели силу.

Денис почувствовал, как ее ногти через рубашку впились ему в спину; как девушка сама, не замечая этого, потянулась к нему всем телом.

Освобожденный ее страстью и неведомым еще ей самой желанием, он прижимал ее к себе сильнее и сильнее; поцелуй его становился все глубже и глубже... И когда этой глубины стало не хватать, он поднял ее на руки.

Девушка опять почувствовала слабость и дрожь во всем теле.

Она вскрикнула, открыла глаза. В них было удивление и вопрос, по щеке покатилась слеза.

- Тебе больше не будет больно, я обещаю, -

сказал Денис как можно более ласково, испугавшись, что она оттолкнет его. А он хотел ее так, как никогда и никого. Денис только теперь понял разницу между желанием тела и желанием обладательницы этого тела.

Альмира доверилась: улыбнулась ему глазами, так как умеет только она. И не важно, что кто-то у него уже был. Альмира интуитивно почувствовала, что она первая - первая, кого он так желает. Ведь только любовь, любимая женщина может сделать из мужчины мужчину. Мужчине не надо говорить, как надо любить, защищать, лелеять свою женщину; что главное предназначение мужчины - сделать свою избранницу счастливой.

Через несколько мгновений она уже вошла в его ритм, поддаваясь вперед всем корпусом. Дух захватывало; и сердце ее, казалось, не выдержит: оно то замирало, то начинало бешено колотиться.

Альмира была сильной, несмотря на свою видимую хрупкость. И Денис, почти угадав ее сумасшедший темперамент, предчувствовал, то как ее тело - гибкое, ловкое, трепетное - скоро завьется, замечется и она будет кричать: ее стон становился все громче и громче. Он удерживал себя как мог, ему хотелось доставить ей как можно больше удовольствия. Денис был у нее первым, он был любим. Она должна принадлежать ему и только ему! Всегда!

И Альмира заметалась, выгнулась, почти приподняла его. Движения в бешеном ритме, ухватив его ниже пояса, делала уже только она. Он уперся согнутыми руками на кровать вдоль ее тела. Ладони стали влажными; взмокшие волосы, спадая на лоб, мешали глазам. Он закрыл их, но тут же открыл: он хотел видеть ее. Корни ее волос тоже были мокрыми; губы, налитые кровью, стали еще сочнее. Казалось, они не выдержат такого напора и из них потечет вишневый сок - сок его любимой ягоды. Он прикоснулся к ним губами - отрывисто - еще и еще.

Денис уже не удерживал себя, он бы и не смог. Юноша был полностью в ее власти, такого с ним никогда не было. Это было что-то для него новое. Это он должен был по зову предков догонять свою избранную - а она, еще не искушенная, убегать, не понимая, от какого наслаждения, от какого безумного наслаждения пытается уйти.

И не ее - а его крик раздался в своей первозданной дикости.

Он отстранился от нее; сердце продолжало колотиться...

Успокоившись, положил мягко свою руку ей на ногу. Альмира лежала не шевелясь. Затем взяла его руку, осторожно убрала.

- Мне нужно в душ.

Встав, бросила быстрый взгляд на простыню - алый румянец на щеке стал багровым.

Денис вскочил сразу, как только Альмира вышла из комнаты. Содрал простыню и встал посреди комнаты, не зная, что делать дальше. Конечно же, ее надо бы отнести в ванную, но там сейчас была Альмира. Юноша посмотрел на стенной шкаф - но не к чистым же вещам... Хотя эту простыню - с красным пятном - разве можно было назвать грязной. Денис слышал - да и знал теоретически - что это означало. Оно вызывало в нем разнообразные чувства, он не мог бы даже объяснить, какие именно. Чувство победителя? Но почему же он тогда мечется, почему не может просто взять и отнести эту тряпку в стиральную машину.

«О чем это я? - Денис стал окончательно приходить в себя. - Мне нужна одна победа - завоевать ее любовь».

Он, не придумав ничего лучшего, бросил простыню под кровать. Быстро постелил чистую. (В стенном шкафу всегда лежали положенные матерью постельные принадлежности.

Денис свое грязное белье убирал сам, а вот сразу застилать чистое ему было лень. И чтоб он, поздно придя домой, не ходил по квартире в поисках белья, мать и подкладывала его ему в шкаф.)

И что же теперь? Встретить ее сидя? Нет, лучше лечь. Денис лег и тут же встал; подойдя к шкафу, вытащив оттуда свой халат, надел его. Но окинув взглядом ее разбросанные по полу вещи, подумал: «Она сейчас придет в костюме Евы, а я…». Снял халат и бросил его на спинку стула, туда же собрал и ее одежду.

Альмира вошла и остановилась у двери, на ней был старый материн халат.

«Откуда она его нашла?» - удивился Денис, мать давно его не использовала. Халат ее был широкий и длинный. Мать не была полной; это девушка - облаченная в него - была тонкой и хрупкой.

«Ну не такой уж и хрупкой», - улыбнулся юноша своим мыслям.

Этот старый халат на такой красавице, как Альмира, отвлек его внимание настолько, что он не сразу заметил, что глаза у нее были заплаканные.

Денис встал, прихватил со стула свой халат и, на ходу надевая его, подошел к ней.

- Ты ведь знаешь, что я люблю тебя.

Юноша нежно взял ее лицо в свои ладони.

- Нет, не знаю, - ответила девушка, слабо улыбнувшись.

- Ты не могла этого не знать или не почувствовать. Иначе бы ты…

- Не стала твоей?

В ее глазах мелькнуло что-то от прежней Альмиры. Его это как-то даже порадовало, хотя новая Альмира была больше в его власти - что удивляло и немного льстило. Но он не хотел, чтобы она страдала.

- Подожди.

Денис сходил в гостиную и вернулся, прихватив с собой любимые мамины цветы… в горшочке. Встал перед ней на колено.

- Я люблю тебя. Я помню, как ты вошла первый раз в наш класс. Я тебя заметил сразу. Я никогда никого не боялся, а к тебе не решался подойти. А когда ты оказывалась рядом, я начинал задыхаться, быстро перемещался подальше. Да и к тому же я никакого интереса в тебе не вызывал, - сказал он, выжидательно посмотрев на нее.

- Вызывал.

- Правда?

Денис, посмотрев на нее недоверчиво, поднялся с колена. Странно, но даже после всего случившегося, эта новость вызвала в нем волнение.

- Просто у тебя была хорошая охрана.

- Получается, не будь этой истории с Асей, после чего ты подошла ко мне, мы могли бы разойтись как в море корабли?

- Возможно, - посмотрев на него с улыбкой, сказала Альмира.

В ее ушах все еще звучало: «Я начинал задыхаться…»

Альмиру не обидела устроенная юношей театральная сцена. Она поняла: прикрываясь ею, Денис говорит правду - что читалось в его глазах.

Это были глаза человека, еще не получившего ответы на все свои вопросы, - ответы, которые для него были очень важны.

Альмира заметила скомканную простыню под кроватью - улыбка на ее лице тут же стала таять.

Денис, поймав ее взгляд, поставил цветок на тумбу, стоящую у двери; приобняв ее за плечи, подвел к окну.

- Посмотри - какой прекрасный сегодня день.

Небо заволакивало тучей, солнце еще пыталось бороться с ней, но, вероятно, все же скоро пойдет дождь.

Альмира оглянулась. Денис куда-то опять

исчез. Также из-под кровати исчезла простыня.

Когда Денис вернулся, Альмира сидела на кровати. Халат действительно был большеват. Он сполз, оголив ее правое плечо и большую часть груди. Из старого халата выглядывало красивое молодое тело, с покатыми плечами и высокой, упругой грудью.

Юноша почувствовал, то как забилось его неуемное сердце.

***

Горшочек с цветком перекочевал с тумбочки на ночной столик. Альмира, протянув руку к нему, погладила цветок, затем провела рукой по чистой, белоснежной простыне.

Во время пребывания в ванной комнате она, кроме всего прочего, думала о том, как быть с простыней, - ее надо как-то убрать. Но как? при нем? и куда? - это была чужая квартира. Как такое могло произойти? И что бы сказала мама? Да, во всяком случае, ее маме не надо будет расстраиваться. При этой мысли слезы потекли ручьем по ее щекам.

Слез становилось все больше и больше, и она их не удерживала - впервые с того страшного дня. Слезы уже не были причиной той боли, которой она ужасно боялась, - боли, которая, как она чувствовала, разорвет ее на части, уничтожит. Эти слезы приносили ей облегчение. Как будто мамины невидимые руки обнимали ее, и она слышала ее мягкий, ласковый голос: «Ты еще будешь счастлива. Эта боль потихоньку утихнет, и когда-нибудь ты будешь вспоминать обо мне без слез».

Счастлива? Это и есть счастье? Она знала, что она чуть ли не единственная, кто этим не занимается. Ее считали ледяной королевой. Но это было не так. И у нее были фантазии, они прорывались даже через ее нежелание иметь их. Возможно, из-за своей сексуальной внешности она и держала всех на расстоянии, а совсем не из-за того, что была «ледяной».

Фантазии особо участились после первого поцелуя Дениса, и они вызывали у нее не чувство стыда, как обычно, а смущение.

Эта белоснежная, чистая простыня успокаивала ее: Денис о ней позаботится, потому что она - она это чувствовала - *его* девушка.

Денис, подойдя к Альмире, сел перед ней на корточки и взял ее руки в свои.

- У нас все будет хорошо. Я тебе обещаю. Мы будем теперь всегда вместе.

- Об этом еще преждевременно говорить.

- А мы с тобой не будем говорить, мы будем действовать.

- Денис, уж не жениться ли ты собрался? - удивилась Альмира.

- Ну зачем же так - неромантично. Когда придет время, я устрою тебе большой праздник, так чтоб ты запомнила его на всю жизнь. А пока нам нужно осуществлять другие планы, да и родителей не стоит пугать.

- Да уж... Я *уже* напугалась, - улыбнулась Альмира, хотя выглядела девушка больше счастливой, чем испуганной.

- Напугал тебя женитьбой?

Денис попытался придать фразе шутливый тон.

- Я абсолютно с тобой согласна - сейчас не время. Да нам даже еще и восемнадцати нет.

- Мы с тобой одинаково мыслим - это приятно. Надеюсь, и следующая моя идея тебе понравится: ты не пойдешь жить к брату, а будешь жить со мной в квартире Макса, нам обоим оттуда до учебы будет близко. Конечно, не это главное, хотя тоже немаловажно.

- Не знаю, хороша ли твоя идея.

- Хороша. Доверься мне.

Денис сел рядом с ней, не выпуская ее рук из своих.

- Квартира двухкомнатная, мешать друг

166

другу не будем. И много ли места нам надо: столик, куда поставить компьютер. Я могу и на кухне заниматься, а гостиную полностью предоставить тебе.

- Кухня - это, вообще-то, место женское.

- Ну вот, видишь, у меня и кухарка будет суперличная.

- Ага, вот в чем дело! - окончательно расслабилась Альмира.

- А что ты думала - путь к сердцу мужчины лежит, сама знаешь, через что. Но я совсем наглеть-то не стану: уборку квартиры возьму на себя.

- И когда же ты все это решил?

«Когда я увидел, как ты вела рукой по простыне, - подумал юноша про себя. - О чем ты тогда думала - не знаю, но уверен: ты думала о нас. Я и ты стали *мы*. И я хочу, чтоб так было всегда».

- Это неважно. Важно - *что* ты решила.

Денис попытался скрыть волнение. Он не очень рассчитывал на положительный ответ.

- Хорошо.

От ее неуверенности, первоначальной растерянности не осталось и следа.

- Какая ты...

- Какая? - спросила Альмира, посмотрев на

него своим прямым, проницательным взглядом. Приготовленная шутка повисла в воздухе.

- Разная… непредсказуемая… - наконец выговорил он.

- Это плохо?

В глазах заиграл огонек. Она знала ответ - недочитанная книга всегда интересней прочитанной.

- Ну почему же… Я могу изучать свой персонаж, не выходя из дома.

Она села глубже на кровать, дотянулась до подушки и бросила в него.

- Ах! Ты еще и драться умеешь!

- И у меня в этом большой опыт, я все же росла с братом, и победа, кстати, в бою с подушками всегда была за мной.

Она уже схватилась за вторую подушку.

- Ну мы еще это посмотрим!

Одна из подушек лежала уже на полу, а другая была в руках «противника», поэтому он, естественным образом, бросился на нее, чтоб отобрать «орудие сражения».

Халат легко сполз с плеч. Она машинально прикрыла руками груди. Полуобнаженная, со скрещенными руками, пытающаяся прикрыть свою наготу, она притягивала его еще сильней, вызвав желание аж до боли.

- Боже, какая ты красивая!

- Ты так считаешь? - Альмира зарделась.

- Если я тебя сейчас не поцелую, я сойду с ума, - произнес юноша и прикоснулся губами к ее плечу, целуя прерывисто и нежно; затем, почти не отрывая губ, прошел по ее тонкой длинной шее.

Ее руки опустились, обессиленные.

Осторожно укладывая ее на подушку, он стал покрывать поцелуями ее полностью обнажившиеся груди, прихватывая и вытягивая губами налившиеся и затвердевшие соски.

- Денис, - ее голос дрожал, - мы не должны этого делать, если у тебя нет... ты знаешь чего.

Голова опять кружилась, она забыла, как это называется: чем предохраняются.

- Ты же не хочешь, чтоб со мной случилось то же, что с твоей матерью.

«Если это уже не случилось», - подумал юноша; но, как ни странно, пришедшая мысль его не только не напугала, а возбудила еще сильней.

- Хорошо... - сказал он, не прекращая ее целовать и спускаясь все ниже.

Почувствовав поцелуй юноши в запретном месте (куда она никогда никому не позволит целовать!), Альмира дернулась, привстала - застеснявшись, мгновенно покрывшись краской - но в следующий момент охнула и опять упала на спину. Теперь она думала только об одном - чтоб он не прекращал: она не вынесет, если он прервет то, что он делает; то, когда-то казавшееся ей постыдным.

- Не уходи, только не уходи, - дотронувшись до его плеч, простонала она; в пальцах ощущалась мелкая дрожь.

Голова ее заметалась; она то кусала губы, то приоткрывала рот, хватая воздух.

За неимением возможности ответить ей, он протянул руку, нашел мечущуюся грудь, сжал ее и, не отрывая своей руки от ее тела, силой прошелся до ног. Она застонала. Стон все усиливался, юноше даже показалось, что она плачет. Но он знал, нет - не знал (такое было впервые), он догадался - это слезы счастья, всепоглощающего наслаждения.

- Де-ни-и-с...

Впервые звуки, сложившиеся в его имя, были для него такими сладострастными.

Стало тихо.

Он почувствовал, как напряглось ее тело. Она сильно сжала его плечи, прерывисто и резко несколько раз вдохнула и, обессиленная, из последних сил оттолкнула его.

Ее дыхание постепенно успокаивалось, но

взгляд из полузакрытых век был еще туманным.

- Спасибо, - прошептала она чуть слышно.

Он провел рукой по ее мокрым щекам:

- А теперь надо в ванную мне.

Она открыла глаза шире; не сразу поняла, что он сказал, - поняв, отвела взгляд в сторону.

- Под холодный душ, - почему-то уточнил он.

В ванной понял, что одним холодным душем будет не обойтись. Щелкнул замок в двери - и вода полилась, открытая во весь напор.

***

Альмира стояла у окна, облачившись в его рубашку. Солнце сдалось, уступив туче, овладевшей и им и небом. И сбрызнутые тучей капли дождя все уверенней стучались в окно.

Денис подошел тихо и сзади обнял ее. Альмира от неожиданности вздрогнула, прошлась пальцами по обвившим ее рукам.

- Какая у вас *теплая* холодная вода.

Черт, разве можно было даже надеяться провести такую - подающую большие надежды - талантливую журналистку.

Но она шутила – и это был уже прогресс.

- Я понял: ни один лед не в состоянии потушить во мне пожара. Ты же не хотела бы, чтоб я заживо сгорел.

- Как бы нам обоим не пришлось гореть, - проговорила она, повернув к нему лицо, - оно было серьезным.

- Ты... о чем?

- А вдруг я уже залетела... с того... первого раза.

- Да, со второго ты точно не могла...

Она повернулась к нему всем корпусом. Денис понял, что пошутил неудачно; но ему было так хорошо, что переходить на серьезный тон совсем не хотелось:

- Мама, сомневаюсь, что очень обрадуется, а вот Макс, думаю, не расстроится. Он получил меня уже вот таким - почти в метр восемьдесят - и качать меня на руках не совсем, надо полагать, удобно, а вот маленького...

- Денис, ты даже не говоришь об этом в сослагательном наклонении.

Альмира встревожилась всерьез.

- Конечно, это все было бы не вовремя, - перешел он уже на серьезный тон. - Но я никому не дам лишить нашего ребенка жизни!

- Даже если твоя мама будет настаивать на этом?

- Во-первых, моя мама не может на этом настаивать; во-вторых, она даже не будет пытаться это делать.

Он вспомнил разговор родителей в саду.

- Я сомневаюсь, что это удачный план - проживать в одной квартире. Похоже на то, что мы только и будем... - Она не договорила.
- Не волнуйся, все будет нормально; потом все устаканится.
- Ты так думаешь?

Было похоже, что это ее тоже не очень устраивало.

- Ну а почему бы нет? Купишь себе на барахолке какой-нибудь страшный халат. Но только позаботься, чтоб он был точно по тебе: чтоб, не дай бог, не сваливался в ответственный момент с твоих плеч. И как можно толще, дабы через них не выпячивались...

«Соски» он уже не договорил, а только многозначительно посмотрел на них (ткань его летней рубашки была очень тонкой).

- Денис, давай уже без шуток.
- Если всерьез - все на самом деле будет хорошо. В Москве у нас начнется другая жизнь. Мы видеться-то, наверное, будет только по

утрам и поздно вечером. Я хочу, чтоб у меня была возможность сказать тебе, проснувшись, «Доброе утро!» и перед сном - «Спокойной ночи!» Знать, что ты рядом и с тобой все в порядке. Я не хочу упускать того, чего был лишен мой родной отец, чего он никогда уже не наверстает.

- Наверстает.

Она протянула руку и провела по его щеке.

- Ему еще всего тридцать пять.

- А сыну, о котором он совсем недавно узнал, всего семнадцать?..

- Хорошо... Ты меня убедил. Но все же надеюсь, что нас в этот раз пронесло, и в будущем не будем так рисковать. Я не думала, что из-за любви так можно потерять голову. А дети - это серьезно. И ты об этом знаешь не понаслышке.

- Мне нравятся подобранные тобой слова.

Денис, поцеловав ее в голову, почувствовал исходящий от волос запах пота.

- Что ты имеешь в виду?

- Это неважно. Тебе, думаю, тоже куда-то надо.

- Тебе не нравится аромат моего тела? - прижавшись к нему, засмеялась Альмира.

- Ну... если ты хочешь повторения...

Он двумя пальцами осторожно прихватил выступающие ее соски, которые тут же стали набухать. Она, перехватив его руки, опустила их.

- Я пошла. - Чмокнула его в губы. - Но вопрос свой я не забыла – по поводу «подобранных слов».

Альмира вышла.

Денис провел пальцем по стеклу. «Мне нравится, что ты не говоришь «отдалась тебе», а - «стала твоей»; а вместо слова секс - у тебя «любовь». А про женитьбу… кому еще могло такое прийти в голову, но как приятно слышать об этом из твоих уст... Я, похоже, на самом деле пропал», - ухмыльнулся он про себя.

Прогремел гром. На улице ливануло.
- Ей придется остаться, - произнес он вслух.

На лице юноши заиграла лукавая улыбка.

Эпилог

Дверь на Гороховой улице в доме Распутина тихонько отворилась - в квартиру вошла молодая женщина с мальчиком лет трех.

Вдруг резко зазвонил домашний телефон, женщина бросилась к нему и быстро сняла трубку.

- Алё... Да, мамочка, мы только вошли... Приехал московский дед?.. Ты осталась с тетей Варей, а он пошел к бабушке?.. Папу? Нет, не видела еще, наверное, в кабинете работает над романом. Ой, по-моему, Дениска к нему ушел!.. Хорошо... позвоните за полчаса до прихода - я стол накрою.

- Папа, извини, не заметила, как он убежал, - сказала молодая мама, заглянув в кабинет.

- Здравствуй, Эльвина! Ты же знаешь, вы никогда мне не помешаете, - ответил отец, ероша волосы внука, уже успевшего забраться ему на колени. - К тому же я закончил свой новый роман, занимаюсь корректировкой.

- Роман уже закончен?.. Поздравляю! Когда можно будет почитать?

- Ты знаешь, я никому не даю читать свои произведения, пока тщательно их не откорректирую.

- Даже маме?

- Маме в особенности. Не хватало, чтоб она вылила на меня ушат холодной воды. Конечно, когда все будет готово, она будет моим первым читателем и, главное, критиком.

- Да, если она даст твоему творению добро, тогда ни один критик тебе не будет страшен. Ты читал мамину последнюю статью?

Эльвина обратила внимание на раскрытый журнал на столе отца.

- Да.

- Как ты находишь на все время?

- Я должен знать, с кем я живу.

- Ты, как всегда, шутишь.

- Да, но в моей шутке есть доля правды. Только вместо *должен* надо было сказать - хочу. Никогда нельзя быть уверенным, что ты знаешь человека до конца. Учитывая то, что человек не может быть уверен до конца даже в себе.

- И также потому, что у человека есть возможность совершенствовать себя до конца своей жизни? И еще, что мы носим в себе, в нашем сознании, все ответы на вопросы вселенной, только нам до них нужно докопаться?

- Мне приятно, что ты читаешь мои книги.

- Я их не читаю - я их проглатываю. И очень горжусь тобой.

- А я тобой. Из тебя получился хороший театральный критик. Да-да, не смотри на меня удивленно. Конечно же я нахожу время и на твои статьи.

- Ты их прочел все, и все тебе понравились?

- Мне очень понравилась твоя последняя статья.

- Ты сказал: последняя. Выходит, нравится не все?

- У тебя нет плохих рецензий. Во всяком случае, я могу согласиться со всем тем, что ты пишешь, - а это главное. Естественно, не все иногда охватываешь, не все замечаешь, - это придет к тебе с годами. Было бы плохо, если бы написанное тобою не имело места.

- Что хуже: когда не имеет место положительное или отрицательное?

- Если не имеет место отрицательное – ты губишь того, о ком пишешь; если не имеет место похвала - выставляешь в смешном свете себя. Если не больше.

- А что больше?

- Могут подумать, что тебе за твои речи, хвалебные, заплатили.

- Ты знаешь: со мной это не пройдет.

- Да, но читатель не знает. Как я сказал: я согласен со всем, что ты пишешь. Но последняя статья была большим шагом вперед. Я бы сказал - резким скачком. Хорошо, что ты ушла из театрального.

- А как вы тогда переживали...

- Еще бы!.. Ты ушла, проучившись два с половиной года и успешно сыграв в фильме главную роль.

- Но с другой не справилась. Я готова была обнажить душу, а обнажить тело... поняла, что никогда не смогу. Это идея пришла режиссеру посреди съемок, в сценарии этого не было.

- У тебя есть к режиссеру претензия, что ты не знала об этом заранее?

- Нет! Ни в коем случае - нет. Режиссер имеет право ставить фильм так, как считает нужным, а дело актера - играть. Это я не справилась со своей работой. Я поняла, если ты идешь в актрисы, ты должна быть актрисой до конца. Режиссер ставит, а ты играешь – положительных и отрицательных, красивых и некрасивых. Это твоя работа, твоя специальность. В своей ситуации я подумала - это все равно, если бы натурщица вдруг сказала художнику, что она согласна позировать, но только если можно остаться в купальнике.

- А как ты думаешь, как далеко режиссер может пойти?

- Я думаю, тот режиссер талантлив, который может сделать эпизод, похожий на настоящий, с минимальным ущербом для актера. Он должен использовать не свою власть, а свой талант.

- Умница.

- Твоя умница - известный театральный рецензент.

- А для меня - моя маленькая девочка. - Денис поцеловал дочь в лоб. - Которой я очень горжусь.

- Папа!

Сын протянул руку к одной из фотографий, свадебной, стоящей на столе деда.

- Он еще не вернулся? - спросил Денис у дочери.

- Нет. Но вчера звонил: обещал скоро быть.

- Переживаешь?

- Не успокоюсь, пока он не окажется на российской территории. И что он все время в самое пекло лезет!

- Ты знаешь: он самый лучший фотограф в издательстве твоей матери. И вообще - один из лучших. Не такой жизни, конечно, мы тебе желали, но ты сама ее выбрала. Тимур всего лишь тогда заскочил к нам за какой-то бумажкой. Заметив, как вы друг на друга смотрите, пришлось капитулировать. Теперь тебе придется жить в ожиданиях всю жизнь. Надеюсь, проблема будет заключаться только в этом.

Эльвина поняла, что имел в виду ее отец. Было бы об этом легче говорить, если бы муж был уже дома. Она решила перевести эту тему на родителей.

- А у вас с мамой не было никаких проблем, даже в молодости?

- Были, конечно. И самая большая проблема была в отсутствии времени. Я уже в студенческие годы много писал. И иногда по ночам. И часто будильника не слышал. Твоей маме приходилось поливать меня из ковшика холодной водой. Я вскакивал как ошпаренный и слышал ее: «Доброе утро, любимый!». Пока я пытался удерживать готовые вырваться недобрые слова - о которых потом бы пожалел - она уже скрывалась за дверью. Альмира успевала сделать интервью до начала своих занятий, потому вставала намного раньше меня.

Помню однажды, уже не в силах встать, чтоб записать возникший в моей голове сюжет, я взял со столика Альмирин диктофон и стал наговаривать в него. На другой день, когда Альмира пришла домой, увидев ее выражение лица, я испугался, предположив, что с ней что-то случилось. Я бросился к ней со словами: «Альмирочка, родная моя, что произошло?»

Это меня впоследствии и спасло, иначе она меня на части бы разорвала (как она мне потом сказала).

Она молча включила диктофон. Оттуда послышался вначале голос довольно старой женщины. А потом - о боже! - голос мужчины с откровенными фантазиями (писатель же вначале все подряд пишет, потом уже подчищает). По записям получалось, что эти фантазии были именно об этой бабуле. Альмира, не проверив записи (из-за неимения времени), дала прослушать их в своей редакции. Там, естественно, все попадали на пол. Представь, каково было молодой девушке, к тому же очень дорожащей свой репутацией.

- И как долго она с тобой не разговаривала? - спросила Эльвина, захлебываясь от смеха.

Он улыбнулся. У них нет такой привычки - не разговаривать. Она просто предъявила ему ультиматум: он должен был ночь использовать на осуществление своих фантазий с ней, а не корпеть опять за компьютером.

- Мы с ней не играем в молчанку - это никогда не решит проблемы. И вообще, такая привычка не от большого ума. Она просто подарила мне новый диктофон (не понимаю, почему я сам до этого не додумался), и я уже нашептывал в него, лежа в постели, и потом незаметно для себя засыпал. Или мы осуществляли мои фантазии... - Отец запнулся.

- ...на практике, - договорила дочь. - Папа, я уже большая девочка. Это маленькой я не понимала, почему мне надо стучаться в дверь спальни собственных родителей. Тем более что в мою дверь вы не стучались.

- Это было ошибкой... не стучаться в твою дверь. Ты должна ее исправить в отношении своего ребенка. Хотя бы для того, чтобы потом, когда настанет такое время (когда вам придется туда стучаться), резкая перемена не бросалась в глаза. А вообще - это проявление уважения к свободе личности. Комната его – значит, и не стоит туда врываться без стука.

Мальчик сполз с колен деда, подошел к стеллажу и, вытащив с нижней полки книгу, детскую, сев на пол, стал ее пролистывать.

- Почему вы не расписались еще до моего рождения? – спросила Эльвина, проследовав взглядом за сыном. - У вас ведь к тому времени уже был диплом. Нет, я, безусловно, не возражаю, что вы предоставили мне возможность быть на вашей свадьбе; хотя, будучи годовалой, ее, конечно, не помню. Но для этого есть фотографии и видео. И все же, - перешла дочь с шутливого тона на серьезный, - вы не были уверены?

- Вот как раз-таки совсем наоборот - мы

абсолютно были уверены. С того момента, как мы с ней обменялись кольцами, мы считали себя всегда одним неразделимым целым. А это произошло уже сразу после окончания школы (мы таким образом обручились, как это было принято в старые добрые времена), поэтому и не спешили со свадьбой. В нашем бракосочетании главным должен был быть праздник, а не обязанность с этого момента принадлежать только друг другу (в чем мы никогда и не сомневались). Я просто хотел устроить твоей маме такую свадьбу и такое путешествие, чтоб она запомнила его на всю жизнь.

- Да, на фотографиях, сделанных вами на Кубе, мама выглядит суперсчастливой. Вам, наверное, на Кубе было очень хорошо, коли вы и нам путевку в свадебное путешествие купили именно туда. Может, и нам надо было накопить денег на свое удовольствие самим?

- Когда деньги есть - это не проблема. Наши родители предлагали нам помощь. Я не мог от своих принять: хотел, чтоб у них были средства на тот случай, если маме понадобится операция. А о свадебном подарке для тебя мы приняли решение еще на Кубе, чтоб избавить себя от чувства вины за то, что не взяли тебя с собой. Кстати, это Альмира звонила?

- Да. Мама. Приехал московский дед. Мама сейчас с тетей Варей, а дед, как всегда, сразу поехал к бабушке.

- Опять, наверное, столкнутся с Максом.

Денис давно уже называл Максима папой. Но иногда, когда речь шла об обоих отцах, называл его, как и прежде, Максом.

- Да... не везет ему: никак не удается с бабушкой побыть наедине.

***

К кладбищу в Зеленогорске подъехала машина с московскими номерами.

Николай пошел по уже знакомой ему тропе. Еще издали он увидел также и знакомый силуэт. «Максим, как всегда, уже там», - раздосадовано подумал он.

Ему никак не удавалось побыть с Алиной наедине. Если не считать одного случая. Но он тогда не знал, что такой случай может больше не представиться, и о самом главном он не поговорил. Что это было самое главное - он, впрочем, сам не знал, но что-то все-таки было.

Николай с Максимом, как всегда при их встрече на кладбище, молча кивнули друг другу.

Прошел почти год, прежде чем они могли сесть за один стол. Простил ли Максим его окончательно или дело было в их сыне... Во всяком случае, о прошлом при встречах они не говорили.

А позже Николай привел для знакомства свою новую жену - Варю. Варя уже и совсем разрядила обстановку.

Два года назад после сердечного приступа не стало Алины. Это ужасное горе потрясло все их семейство. После случившегося как будто между Николаем и Максом пробежала черная кошка. Они почти не виделись, разве что вот так на кладбище.

Может, Николай напоминал Максиму о тех годах, что он был без Алины. Или он думал, что не будь ее неудачного замужества, она прожила бы дольше? Хотя, как оказалась, проблема с сердцем у нее была врожденной.

Максим после отъезда Дениса в Москву продал квартиру своих родителей и купил небольшой домик в Зеленогорске: там сердечникам хорошо. Закончив свой роман, за новый уже не брался; писал небольшие рассказы, в основном на школьные темы. Старался как можно больше времени уделять Алине.

У него, конечно, был талант, но настоящий дар оказался у Дениса. К окончанию литературного о нем уже знали. Картины Алины - она опять стала рисовать и рисовала неплохо - раскупали еще и потому, что она была матерью известного писателя. Алину же ее увлечение расслабляло.

Что послужило тому, что Алина прожила намного дольше, чем прогнозировали доктора: хорошая экология для сердечника, расслабленный образ жизни, жизнь с любимым человеком, заботящимся о ней, как о самом для него драгоценном в жизни, - это, впрочем, не важно. Важно, что годы, проведенные с ним, были счастливыми.

...Николай посмотрел на часы. Пора было уходить. Максим все равно не уйдет раньше него, а он не может сидеть бесконечно: послезавтра уже возвращаться, а надо еще сына повидать и внучку с правнуком.

Хотя Варя была на двенадцать лет моложе его, семьи у них не получилось. Оказалось, что у Николая не может быть детей. Он уже боялся, что Варя бросит его, но она его не оставила.

***

- Вот, Николай приходил, - произнес вслух Максим, как будто Алина оттуда могла видеть только его. - Похоже, нездоров он. Оставил бы уж свою фирму. Но видимо, боится потерять свою привлекательность перед женой.

Жена у него хорошая; зря говорят, что из-за денег вышла за него. Видно, что любит его. И Дениска ее очень любит. Представляю, как бы он тебя любил, родную прабабушку. Кстати, он неплохо рисует. Я вначале берег все твои краски и кисти, но потом отдал ему. Мне кажется, таким образом вы с правнуком соприкасаетесь друг с другом.

А в остальном у нас все по-старому.

Дети, после того как ты оставила нас, переехали обратно в Петербург, чтоб быть ко мне поближе. Хорошо, что не продали теткину квартиру. Помнишь, как Денис удивился, когда на совершеннолетие получил ключи от квартиры, завещанной ему тетей Ирой.

Они сегодня там все собираются. Я же на майские и раньше из-за деда за город уезжал. И ты ушла в эти же дни. Я надеюсь - вы там заботитесь друг о друге. Подождите уж меня немного. Хоть дети и стараются сильно меня не беспокоить - нужен я им, чувствую я это.

Хочется мне видеть, как правнук растет. А потом, когда время придет, я сразу прямиком к тебе.

По щеке состарившегося и поседевшего мужчины потекли слезы, которые он, впрочем, даже и не почувствовал.